Donde todo sucede

VERÓNICA MORALES TOWNS

Copyright © 2024 Verónica Morales Towns

Todos los derechos reservados.

ISBN: 9798304178976

DEDICATORIA

A mis sobrinos: Dany, Max y Sara.
Por enseñarme la magia de ver el mundo con ojos nuevos, este libro es para ustedes, sean auténticos y vayan más allá de lo imposible, escuchen la sabiduría que llevan en el alma.
Deseo que sus sueños los guíen y que recuerden que hay dos magias: la del amor y la que existe dentro de cada uno de ustedes.
Para la niña Bella que un día me pidió contarle una historia y surgió este regalo de amor.

CONTENIDO

	Agradecimientos	i
1	Introducción	3
2	El bosque	4
3	Dia 1: Tierra	8
4	Día 2: Aire	12
5	Día 3: Agua	16
6	Día 4: Fuego	20
7	Día 5: Sabiduría	24
8	Día 6: Espíritu	28
9	Día 7: Vida	33
10	Día 8: Tiempo	39
11	Día 9: Vibración y frecuencia	45
12	Día 10: La palabra	49
13	Día 11: Distancia	53
14	Día 12: Imaginación	57
15	Día 13: Sensaciones	61
16	Día 14: Amor	64
17	Día 15: Propósito y despedida	67

AGRADECIMIENTOS

Gracias vida por mostrarme que el viaje comienza en el corazón y que el amor es el regalo más poderoso que tenemos. Gracias ávidas lectoras que apoyaron en la revisión del texto (tía Margarita y mamá). Gracias Bella por ser inspiración y musa, por animarme a contar historias y por acercarme a una mejor versión de mí misma. Gracias por ser la sanadora que desató nudos a sorbitos mientras tomábamos café. Gracias amig@s por las conexiones más allá del tiempo y conectar con la magia de lo que nos rodea. Gracias sobrinos porque con sus risas y juegos me recordaron a mi niña, a vivir en el asombro y la curiosidad, a valorar cada instante, a ser guardianes de lo eterno.

1. INTRODUCCIÓN

Este libro es una puerta mágica que conecta mundos invisibles a los ojos, pero palpables con el corazón. Cada capítulo es un viaje donde se descubre que todo está entrelazado por hilos de energía, amor y posibilidad.

En estas páginas podrás viajar a otros lugares, otros tiempos y aprenderás que las palabras tienen el poder de cambiar la realidad, incluso lo que sientes y piensas. Que un pensamiento cargado de intención puede abrir puertas hacia los deseos más profundos de tu alma. Aquí conocerás personajes extraordinarios y maestros de otras dimensiones que te guiarán con amor y sabiduría.

El libro está dividido en capítulos, que funcionan como 15 estaciones de un tren intergaláctico. Puedes leerlo de principio a fin, fluyendo la historia como río o detenerte en cada capítulo. Puedes dedicarle 15 días para vivir cada lección en profundidad o vivir la experiencia y hacerla tuya más allá de los límites del tiempo.

A lo largo de las páginas descubrirás que todos llevamos dentro un viajero estelar listo para explorar galaxias y dimensiones, aprender sobre la música del universo y que los sueños y deseos pueden hacerse realidad si los alimentas con fe y acción. Prepara tu corazón y tu imaginación, porque estás a punto de emprender un viaje extraordinario. Este no es sólo un libro; es un universo lleno de magia, ciencia y amor, listo para ser descubierto por ti.

Vero Towns.

2. EL BOSQUE

Las historias pueden tener muchos ayeres o existir simultáneamente en el tiempo. Nuestro cuento no tiene tiempo, tiene un lugar para estos sucesos. Por eso empieza diciendo:

El bosque es el área de juegos de Emma. Su padre es cuidador y guardián del bosque, maestro maderero y constructor de cabañas. Podía armar cualquier cosa con los árboles que caían al humedecerse demasiado sus raíces. Su madre es botánica y bióloga, estudia las plantas y coníferas, reconoce las que sirven de alimento y las que son venenosas, usa las plantas con fines medicinales y hasta ha descubierto algunos líquenes y lirios acuáticos que sólo se dan en esa región.

Emma aprendió de sus padres a andar por el bosque y reconocer las diferencias entre pinos, abetos y cedros. A sacar la savia de los abedules en primavera cuando tiene mucha sed o le lleva a su padre para elaborar hidromiel y jarabe. Si se cae y se hace raspones, hace una combinación de arcilla con hierbas para cerrar la herida. Si tiene hambre sigue a la ardilla que seguro la llevará a encontrar semillas. O busca entre las hierbas del suelo algunos hongos y frutos rojos para el camino de regreso a casa.

Reconoce las huellas de los lobos y osos, sabe si una huella de venado es fresca o si tiene tiempo de haber pasado por ahí. Convive con los castores y marmotas, reconoce a los linces al acecho y le encantan las liebres correlonas. En fin, no hay planta que no conozca, ni animal que la espante, aunque sí es precavida con los lobos y osos negros.

En sus paseos, va jugando a reconocer aromas, a ver si alguna ranita verde aparece entre la humedad y seguirla dando saltos. A veces imita el sonido de las aves, sobre todo le gusta ver las flores de los lirios acuáticos a media mañana, sabe que al final de la tarde se cerrarán y disfruta de la primavera cuando todo florece. Ella se funde con la naturaleza y pareciera que cada semilla que planta y que cuida con su amor, crece más grande y fuerte.

Una mañana encontró un bulbo extraño, pegado como liquen a uno de sus árboles favoritos. Nunca había visto semilla como esa, pero como todo lo nuevo le llama la atención e imita a su madre tomando apuntes y dibujos de la flora, pues se decidió a cuidarla y ser la testigo de su crecimiento.

Todos los días volvía al sitio donde se había enraizado la semilla, tenía forma de piña, pero con un color especialmente vivo, un verde y rosa intenso brillante que parecía tener luz propia. En el bosque al haber tanta humedad no es necesario que se rieguen tanto las plantas por lo que Emma sólo puso un envase de vidrio para concentrar la humedad y evitar depredadores. Jamás había visto planta así, por lo que esperó a verla florecer para contarle a sus padres de su descubrimiento.

Un buen día despertó muy temprano y corrió hacia el retoño que estaba cuidando, algo en ella le decía que era el día exacto para verla florecer al salir el sol. Emma no se equivocaba, con el primer rayo de luz que le dio, parecía que la planta se estaba estirando como si viniera de miles de años de sueño. Al terminar de abrirse y de expandirse la flor simplemente habló:

— Emma, tantos días contigo y no había podido saludarte… Muchas gracias por tus cuidados y el amor que me has dado.

Emma tenía los ojos abiertos, tan sorprendida… había creído escuchar historias de los árboles contando lo que habían visto pero ella estaba segura de que lo imaginaba. Ella imaginaba lo que le contaba el alce y la salamandra, a menos que fueran ellos los que realmente le hablaban. Volteó a todos lados, pensó que era una broma de sus padres que habían escondido una grabadora para que escuchara a la flor hablar...

— No, no, no Emma, no soy broma de tus padres, en realidad te hablo a ti y sí... escuchas las historias del bosque, las sientes... así como esta mañana te llamé para que me vieras nacer.

Estaba anonadada, no podía creerlo, una planta que hablaba y que leía sus pensamientos, eso sólo pasaba en los cuentos que su madre le leía para dormir.

— ¡Ay, Emma! Si te contara que todo es posible... es más, por eso te contaré de dónde vengo y mi historia, para que sepas que no es casualidad que esté contigo aquí en el bosque.

Decidió darle una oportunidad y se sentó en la hierba, algunos animales se acercaron para escuchar la historia, les hablaba en su idioma y en su frecuencia, los animales estaban intrigados por el brillo de la flor y sentían la vibración de esa vida nueva. Hasta un pequeño venado y un cachorro de oso se acercaron. Las aves se escuchaban revolotear como si platicaran de la noticia del día, como un chisme que se escucha por toda la región. Todos los oídos estaban atentos:

— ¿Recuerdas el día que deseaste un hermanito? Querías mostrarle el bosque y que fuera tu compañero de aventuras, fue pasando el tiempo y tú creciendo y jamás se realizó. Yo estaba en un lugar de la galaxia escuchando atenta los deseos, mis hermanas y yo tenemos la misión estelar de cumplirlos y así es como te elegí entre todo lo que se escucha en el universo.

— Pero ¿cómo me escuchaste tan lejos?
— En el universo no hay distancias, tu corazón tan lleno de amor por compartirse fue el lenguaje que llevó tus deseos hasta mí.
— ¿Y quién eres? ¿Cómo viajaste de tan lejos?
— Sólo con desearlo, la distancia es relativa. Aquí en la tierra tomé la forma de la planta dragón con mi esencia original de luz y gracias a tu dedicación y cuidado pude florecer... sólo será por 15 días y cada uno de ellos cumplirá uno de tus sueños y deseos más profundos... ¿Estás lista?

DONDE TODO SUCEDE

A veces los cuentos son para invitar a soñar y cumplir deseos, como una lámpara mágica en la que el genio sabe que todo es posible y que las reglas, en esta ocasión, son para romperse.

3. DIA 1: TIERRA

Emma se quedó pensando en lo que la planta dragón le decía, cumplir los sueños es una oportunidad en un millón, bueno y cada deseo posible en los 15 días siguientes.

- ¿Hay reglas? ¿Por qué sólo 15 días? ¿Qué pasará contigo cuando terminen?
- Como pasa en la Tierra todo es temporal, no hay reglas, todo es posible. Cuando terminen los 15 días mi ser de luz regresará al hogar, donde vivo, me desmaterializaré y seré nuevamente mi esencia.
- De acuerdo, no quiero esperar más y quiero que uno de mis árboles favoritos que es una secuoya sea libre de las raíces, tenga vida y me cuente lo que ha visto desde que empezó su vida.
- Hecho está, así es.

De pronto se escuchó retumbar la tierra, los animales corrieron buscando refugio. A varios kilómetros de distancia la secuoya más antigua y grande del bosque dijo con una voz profunda y fuerte "Emmmmaaaaa". Ella se estremeció porque la voz hacía eco en todo el bosque y se escuchó su nombre en todos lados.

- No te preocupes, mientras que estamos cumpliendo tu deseo el tiempo se paraliza, nadie podrá ver lo que tú ves, esto es un regalo sólo para ti y los guardianes del tiempo ponen una pausa para que vivas la experiencia de tu deseo. Así mismo este día y cada uno de los siguientes podrás hacer un regalo de amor.

Emma se quedó pensando en lo que un regalo de amor significaba, ya a su edad pensaba en que el amor era gratuito, ¿cómo podría regalarlo? En eso una mano hecha de ramas la tomó entera y sintió como la levantaban hasta la copa de esa secuoya, uno de sus árboles favoritos del bosque.

— Gracias Emma, siempre había querido caminar para ver el mundo, mis hermanos árboles y yo estamos unidos de las raíces y nos contamos todo lo que vemos en el mundo.
— ¿Y qué es lo que te cuentan tus hermanos árboles?
— Un cerezo nos contó del festival que hacen en su honor, fiestas que hacen por la llegada de la primavera *hanami* le dicen. Es una tradición japonesa, los humanos se sientan a observar la belleza de las flores. ¿Creerás que hasta les cambian el nombre y al cerezo en flor le dicen *sakura*?... ¡qué raros son los humanos y sus palabras!
— ¿También hablan con ustedes las flores?
— Uy, son requetepresumidas... siempre cuentan que hay hasta un festival de las flores, los humanos festejan por la primavera en muchos lados... ¡hasta la lavanda tiene una fiesta en Provenza!
— ¿Por qué las flores son tan presumidas?
— Los humanos las admiran mucho, y como ellas son tan coloridas y diversas y bailan con la música del viento pues se creen muy especiales. No digo que no lo sean, por eso luego cortan a las flores más hermosas... A veces no se sabe amar sin poseer a lo que se ama.
— Árbol, yo te he amado desde que te conocí, eres mi árbol favorito en este bosque.
— Emma, me he sentido amado desde tus primeros pasos, cuando caminabas tambaleándote alrededor de mí, con tus padres enseñándote el bosque. Si hubiera podido, mis ramas habrían evitado tus caídas. La vida y su ritmo natural nos ha hecho acompañarte con todo lo que hacemos para que humanos como tú sigan viviendo.

Emma se puso a reflexionar sobre las funciones de los árboles en el medio ambiente y cómo cambia el clima con aumentos de temperatura cada año. Pensó en el ritmo natural de la tierra con ciclos interminables, constantemente cambiantes.

- — Si todos los árboles están conectados y puedes saber lo que pasa en otros lugares por esa conexión, ¿cómo hacemos los humanos para estar en sintonía con ustedes?
- — Es una pregunta que esperaba que hicieras. Todos los corazones laten al mismo ritmo, el de la madre tierra también. Conectas cuando caminas sin zapatos, descalza. También con jardinería y meditación.
- — ¿Cómo es eso posible?
- — Electrones libres de la tierra. Los seres humanos actúan como antenas, emiten y reciben energía, son seres eléctricos. Eso de caminar descalza se llama *grounding* o *earthing*.

Toda la vida de Emma ha sido en el bosque, ella se preguntó por aquellos que no tienen los beneficios de vivir en la naturaleza. Todas las personas pueden sentirse conectadas a la Madre Tierra al quitarse los zapatos o acostarse en la playa… aunque no vivan en el bosque, se puede sentir la conexión que hay con la Tierra. A su vez, comprendió que todos estamos conectados, con hilos invisibles, como la energía. Tal cual como las redes de micelio naturales de los hongos y otras plantas.

— Amigo árbol, ¿cómo sabes tanto?
— Nunca he visto nada de lo que me cuentan mis amigos árboles, pero historias tengo muchas... en otra vida me gustaría ser un viajero para verlo todo con mis propios ojos.
— Planta dragón, ¿puedo hacer un regalo de amor a mi amigo el árbol?
— A quien tú quieras, Emma. – dijo la planta dragón...
— Deseo que mi amigo el árbol sea un viajero que pueda ver todo en el mundo y cuando termine su viaje cuente sus historias, que continúe en el tiempo.
— Hecho está.

El tiempo dejó de estar paralizado cuando al lado de Emma apareció un hombre de bigotes negros, con una mochila, tenis y un traje de excursión. Emma supo que era su amigo secuoya. Sólo la miró, inclinó la cabeza en tono de saludo y aprobación, sin perder un instante empezó a caminar despidiéndose con la mano "adiós".

Emma pensaba en lo curioso de su amigo secuoya, tenía ganas de recorrer el mundo por las historias de sus raíces, sin perder el tiempo. También se preguntó ¿cómo es que algunos han pasado toda la vida detenidos? ¡Con tanta sed de conocer el mundo! Su amigo secuoya estaba quieto porque simplemente no podía moverse. ¿Y los que no quieren hacerlo?

Esa tarde se fue a su casa pensando en muchas cosas, en la libertad y los sueños por cumplir, en las conexiones y en otras vidas, pero también en lo que pediría para mañana.

4. DÍA 2: AIRE

Después de revisarlo con la almohada Emma se levantó temprano, tomó la avena que su mamá preparó y salió corriendo a donde está la planta dragón. Encontró a los animales alrededor de ella como si tuvieran una especie de reunión de consejo, muy serios todos los animales escuchando algo que ella no lograba entender.

— ¿Qué hacen, de qué hablan?

Todos la miraron, nadie se animaba a decir palabra, en su mente aparecieron los pensamientos del búho "aquí sólo estamos hablando los habitantes del bosque húmedo, sobre lo que nos preocupa y acciones a tomar si las cosas cambian".

— ¿Eres tú amigo búho el que me habla?

El búho simplemente asintió sin explicar más nada. Todos los animales del bosque veían la interacción del diálogo mental como un partido de tenis, de un lado para otro y los pensamientos circulaban entre el búho, el águila y la planta dragón. El águila y el búho, representando a los animales del bosque, le hacían preguntas a la planta dragón, el viajero de la galaxia.

Se escuchaban preguntas como: "¿Y si hay más como tú? ¿Tendrán la intención de sólo cumplir lo que otros desean? ¿Esto sucede en otras partes del mundo o del universo? ¿Todos tenemos misiones estelares? ¿Quiénes somos para ti?" Emma les pide parar todos esos pensamientos y cuestionamientos.

- Por favor paren. Lo primero que hemos aprendido es que todo es posible, en vez de ocupar energía en esas preguntas se pueden enfocar en algo más.
- Sí, ya están como la guacharaca o chachalaca, que hasta se convirtió en instrumento musical – dijo la planta dragón.
- No sé si te refieres a su canto algarabía o por lo fuerte que se escucha su canto. – le dice Emma a la planta dragón.
- Más que preguntar y desviar la energía de cada uno de ustedes, sepan que cada uno como seres tienen eco en la eternidad. Donde se enfocan está su energía, son seres que con sus particularidades únicas son parte primordial del mecanismo de la vida. Todos conectados, todos con un propósito.

Se escuchaba sólo el viento entre las hojas de los árboles, un silencio en calma. Hasta las aves que no volaban se sintieron importantes y con un sentido para la vida. Como si todos con sus alas fueran hechos para más que sólo volar.

La belleza de sus plumas y los colores, la diversidad y sus cantos, su esencia, ser quienes vinieron a ser. Las aves presentes comenzaron a cantar y lo mismo se escuchaba en cada parte del mundo, cuando unos lo interiorizan y lo saben todos los demás lo actúan y lo viven. Compartieron el sentido de su existencia en el aire.

- ¿Entonces no hay ninguna ave mejor que otra? –preguntó el águila.
- Todas son diferentes. No es competencia entre ustedes. —enfatizó Emma.

En lo que se hablaban de similitudes y diferencias lo único que Emma alcanzó a decir es: "Quiero ser ave, quiero volar".

El asunto era que el águila le explicaba que era mejor ser búho, el búho decía que el halcón era mejor, el halcón no quería que lo metieran en la plática, por lo que dijo que lo mejor es ser gaviota, aunque no hubiera ninguna cerca. La gaviota escuchó el diálogo y en telepatía respondió que era muy pequeña para ser la elegida por Emma para experimentar el vuelo y que de todas las aves la mejor es el albatros por sus alas largas y su potencial de planeación. El pato se metió en la plática, se les quedó viendo y dijo:

— No sean presumidos, creo que no importa quien vuela más alto o rápido. Esas comparaciones no son grandes hazañas, son los vuelos de migración. Nosotros no somos los que hacemos el viaje más largo, pero sí somos de los que más kilómetros recorremos, puedes ser un pato.

Emma voltea a ver a todas las aves que fueron haciéndose presentes para que ella pudiera elegir el tipo de ave preferida para volar. Cuando se trata de viajes épicos individuales el colibrí es uno de los que más recorre camino, pero luego pensaba en cuáles de las aves son capaces de hazañas magníficas. Emma no quería ser un ave cualquiera y tampoco se trataba de competir sino de vivir la mejor experiencia posible.

— La migración del colibrí garganta de rubí es de 2,200 km en la zona en la que vive. ¡Y sólo pesa 5 gramos!
— Pero el albatros puede darle la vuelta al mundo en 46 días – dijo la gaviota, que alcanzó a llegar después de viajar para acudir al debate.
— A ver amigos, esto sólo está generando comparaciones y distinciones que no nos corresponde. Creo que empiezo mi deseo siendo colibrí y luego quiero ver las cosas desde cada una de ustedes, con sus virtudes y sus fortalezas… quiero ser todas las aves a la vez.
— Hecho está…

Así Emma todo ese día lo pasó volando, viendo las nubes de diferentes regiones del planeta. Experimentó los vientos y el clima cálido y gélido según el ave en la que se convirtiera. Los diferentes alimentos que les dan energía, los cantos y el tamaño de las alas. Disfrutó el viento en su rostro y la capacidad de mirar a través de los árboles con precisión. Una sensación de libertad indescriptible que sólo siendo ave pudo descifrar.

Hacía un ruido específico cuando quería cambiar de cuerpo de ave, como si chiflara cual loro para que la planta dragón entendiera que quería ser otra ave más. Fue un pájaro carpintero de los bosques de niebla de México. Vio los techos de las casas de las grandes ciudades cuando quiso ser paloma. Conforme cambiaba de ave también iba a nuevas ubicaciones como si por un instante compartiera un espacio en el cuerpo del ave.

Paseó por la muralla china cuando fue grulla de corona roja, se paró un rato en la torre Eiffel cuando se convirtió en estornino y fue gorrión en Madrid, se quedó un rato dentro del hueco de un árbol. También tuvo la oportunidad de cantar como golondrina, quienes suelen marcar el inicio de la primavera, su canto consiste en un parloteo musical acelerado que es común escucharlo con el buen tiempo.

Experimentó el control del cuerpo y el modo crucero del albatros, así como su proceso de elevación dinámica y el aleteo furioso de la aguja colipinta. Fue la pardela sombría que inteligentemente se ayuda de los patrones globales del viento. Se convirtió en uno de los charranes en los Países Bajos que avanzó hasta la Antártida y recorrió 90,000 kilómetros.

Cansada de ese día en el que tanto voló, caminó despacio a su casa al atardecer, cenó un poco de verduras salteadas que cosechó su madre. Después agradeció por la cama que la abrazó confortablemente como si todo lo que vivió la hubiera cansado 3 vidas enteras. Antes de dormir pensó en su regalo de amor de ese día. Pidió a la planta dragón que muchas personas como ella pusieran comederos en los caminos de esas aves para que pudieran parar a descansar... y así fue.

5. DÍA 3: AGUA

Descansó lo más que pudo ese día, despertó tarde, Emma sentía que sus brazos estaban pesados de tanto aletear. Quería una solución y empezar ese día con un deseo más sencillo de llevar. Se le ocurrían varias cosas, desde el ser partícula hasta tener un día feriado adelantado en los que nadie trabaja, pero no quería desperdiciar su deseo.

"¿En qué tipo de deseo podría hacer nada? El placer de nada, de nada..." pensaba Emma. La planta dragón le susurró al oído y le dijo que todo estaba en el verbo de su oración... ella pensó en el hacer, pero no vio claramente el NADAR. Se adelantó a todos sus deseos y la planta dragón convirtió a Emma en un delfín sin previo aviso.

Sacada de su ambiente del bosque y viendo tanta agua no sabía si estaba arriba, abajo, izquierda o derecha, estaba perdiendo el norte de las cosas. Emma vio sus aletas y descubrió que podía respirar, pensar y comunicarse con todo lo que estaba alrededor de ella. Vio su cola, sintió su piel y sus dientes, son muchos dientes.

A lo lejos ella escuchó la voz de uno de los delfines:

— Hola, eres nueva aquí, sí tenemos entre 88 y 100 dientes para toda la vida.
— ¡Es que esta vez yo no pedí nada... y ahora estoy aquí en el agua NADANDO... jajajaja... así que la planta dragón juega bromas!

El delfín a su lado no entendía nada y estaba confundido, se escuchó un silbido particular, bueno eran varios silbidos y se acercaron otros delfines.

Emma preguntó sobre el significado de los silbidos, ella misma escuchó salir de sí misma un silbido que sonaba diferente al de los demás. Uno de los delfines se acercó y le contó que entre ellos se identifican con un silbido personal.

— Cada uno de nosotros tiene su propio silbido, como los humanos que tienen voces diferentes y varían entre ellos, así podemos identificar quién es el que nos habla. Nuestras manadas se llaman vainas y a veces estamos juntos en grupos de hasta 200 delfines
— Son muchos delfines, ¿qué hacen juntos? ¿por qué tantos?
— Las vainas pueden ser de pares de madres con sus hijos y algunas otras están compuestas de delfines macho y hembra sin hijos. Estamos juntos para cazar, defendernos, ayudarnos si alguien requiere apoyo, cuidarnos mutuamente, somos muy sociables y nos gusta viajar juntos. Ahora mismo vas viajando con nosotros a una de las corrientes más frías de la tierra.
— ¿Y dónde estamos? ¿Es peligroso?
— Se conoce como la corriente de Humboldt de sur a norte desde Chile a Perú, algunos otros lugares del Pacífico están a 24°C, pero aquí estamos a 14°C, es una zona en la que hay muchas especies de tiburones también, pero es el ecosistema más rico en alimento que visitamos.
— ¿De qué se alimentan?
— En realidad, somos carnívoros, comemos peces, crustáceos y pulpos, no los masticamos. ¡Y no tenemos olfato!
— Quiero experimentarlo todo, ¡vamos a cazar!

Entonces Emma descubrió que los delfines utilizan el sonido para ver, le llaman ecolocalización. Emitió un sonido y se dio cuenta que rebotó en un objeto, retumbaba de tal forma que podía ver el cuerpo del pez a la cercanía y hasta 70 metros de distancia. Se dirigió hacia el pez y de un bocado pasó por su garganta, pero su hambre no se sació.

Resulta que cada delfín come de 11 a 13 kilos de comida cada día, ella no quería pasar comiendo todo el tiempo así que entre todos encontraron un cardumen y se hizo el festín.

— Ahora sí, lo único que estoy haciendo es nadar y comer… Ja, ja, ja, ja

Emma se iba sintiendo cada vez más relajada y le dio por salir a la superficie y saltar como si cabalgara las aguas, empezó un baile que sus compañeros delfines siguieron, como si hubiera música que todos podían escuchar.

— Amigo delfín, nunca se han preguntado si esto de cazar los hace malos…
— La naturaleza de quienes somos no es mala, hacemos lo que requiere nuestro ser.
— ¿Así como el tiburón o la orca sólo responde a lo que requiere su ser?
— Tal cual, amiga. La ballena, el pingüino, las focas y cada ser del mar y de la tierra sólo responde a su naturaleza, a su ser.
— ¿Cuál será la naturaleza a la que responde el ser humano?

Esa pregunta se quedó sin respuesta entre el ir venir de las olas, la planta dragón le explicó que pronto hablarían de eso, conforme pasaran los días y que ella misma tendría la respuesta.

A lo lejos vio una Isla y muchos pingüinos, por lo que se detuvo en seco y preguntó a sus compañeros en qué lugar estaban.

— Esta corriente marina llega a las islas Galápagos, aquí vienen muchos científicos a realizar investigación, por la biodiversidad que existe en esta parte del planeta, todo gracias a la riqueza de la corriente marina, pero ahora está en peligro por la contaminación.

Emma pensó en todo lo que había vivido como cetáceo, sí, los delfines son de la familia de las ballenas y además mamíferos de sangre caliente. No es un pez, incluso tiene huesos similares a los de nuestras manos. Pensó en qué regalo de amor hacer para ellos y todos los animales marinos.

¡Quizá si hubiera más humanos interesados en la preservación del planeta o de cuidar las aguas y los arrecifes o en su caso más investigadores y saber lo que realmente pasa! Siguió pensando Emma y ninguna idea venía a su mente, sentía como si le faltara el aire.

Sus compañeros delfines la tomaron y la llevaron a la superficie, ella tenía que respirar en la superficie por medio del espiráculo, no pueden respirar como los peces por las branquias. Se dio cuenta de lo cooperativos y colaboradores que eran entre ellos y supo que esa cooperación se da también con los humanos.

— Lo único que puedo regalarles el día de hoy es mi amor, ha sido un día maravilloso al conocerlos tanto, me gustaría que, así como yo tuve la oportunidad de conocerlos lo hagan también otros humanos...

Y así fue...

6. DÍA 4: FUEGO

Tanta agua el día anterior le dio una idea nueva para experimentar, entre sueños le vino la idea, enfrentaría uno de los miedos más grandes que tiene al vivir en el bosque: el fuego. Exploró el miedo, su miedo, lo que confunde, lo que no deja respirar, lo que detiene y Emma realmente temía el fuego.

Ya había tenido una experiencia en un incendio meses antes de que la planta dragón arribara al planeta tierra y en esa ocasión el incendio no había llegado a mayores, se controló a tiempo. Su padre y muchos voluntarios hicieron brigadas para contener el fuego y como parte del proceso la pérdida de bosque fue mínima. Dicen que la causa de aquel incendio fue el descuido de unos campistas que no apagaron bien su hoguera al anochecer y el viento llevó unas brasas a las hojas secas.

Desde aquel entonces cuidaba que la flama de la hoguera estuviera controlada. Antes del incendio le gustaba ver el fuego en su baile sobre los maderos y veía figuras salir de las llamas, hacia historias en su cabeza de samuráis danzando con una música que sólo ellos escuchaban. Ahora el miedo se le enredaba en cada hueco del cuerpo cuando alguna brasa se escapaba del fogatero.

Así que llegó valiente a pedir su deseo, "quiero experimentar ser fuego". La planta dragón lo pensó unos segundos, ¿cuál sería la mejor forma de cumplir lo que Emma pedía? Entonces la convirtió en magma del cinturón de fuego del pacífico, pensando de esta forma explorar la temperatura.

Emma empezó a pasearse entre los volcanes activos del mundo desde Oceanía hasta Sudamérica. Sintió el calor, la temperatura en aumento, la combustión del oxígeno sintió que era imparable. Sintió cómo todo se derretía, cualquier cosa frente a ella desaparecía a su paso.

Se asomó como magma en el volcán Popocatépetl en México y lanzó una fumarola, con una sensación de invencibilidad. No había experimentado esa sensación de poder, creía que todo lo podía, de todo sería capaz con esa fortaleza. Hasta que volteó a ver lo que había dejado atrás, lo vio desde su ser como destrucción y empezó a cuestionarse por ello.

— ¿Por qué existe esa destrucción? —preguntó Emma.

Al hacer esa pregunta quienes se encargan de detener el tiempo para que los deseos de Emma fueran posibles son los maestros del tiempo. Se presentaron ante ella y le mostraron la forma en que se va creando vida: el proceso donde existe todo, luego la nada, luego el todo nuevamente. Como si pudiera ver los siglos de ese mismo lugar, creando y recreando la naturaleza, cambiante. Además, le contestaron lo siguiente:

— La creación y destrucción no es maldad, es cambio, es evolución, es naturaleza. Todos tenemos en nuestra naturaleza oscuridad y luz que se mueven en ciclos infinitos aun cuando dejamos de ser materia —explicaron los maestros del tiempo.
— Entonces, ¿sólo sucede? Y todo es perfecto.
— Tal cual…

Luego la esencia de su ser humano, al ser parte del anillo de fuego, le recordó los terremotos, uno de los fenómenos naturales que mayor miedo despiertan a nivel mundial por su capacidad destructiva. Entendió algo importante, la naturaleza del fuego jamás ha sido hacer daño, por más temperatura que tenga, su función es otra. Siempre está en movimiento al igual que las placas tectónicas del anillo de fuego, son parte de la vida de la tierra.

Cuando experimentó la destrucción se vio como un volcán que dio nacimiento a un lago y una isla en sí mismo: Crater Lake (Lago del cráter), un lago formado en la caldera de un volcán. Aguas azules y turquesas surgieron de una erupción, algo tan hermoso germinado de una "catástrofe". El agua de lluvia en gran cantidad, al estar el volcán inactivo, dio a luz al lago de ese lugar.

Emma cambió de opinión: pensó que se aprende y se crea en situaciones tan oscuras como esa gran erupción. También se dio cuenta que es cuestión de paciencia, que con el tiempo el agua de lluvia, los deshielos fueron haciendo ese paisaje que el mismo Dios cambia cada día al amanecer y anochecer. Dar paso a la vida y la belleza con esa emanación.

Entonces respiró profundo y se trasladó al Monte Fuji en Japón que lleva cientos de años dormido. Así experimentó la pausa del fuego interno, del bullicio que sentía al ser magma, aunque caminaba lento.

Al quedarse en silencio y en estado de contemplación se vio a sí misma con esa dualidad (creación-destrucción) que los maestros del tiempo le mostraron. Aprendió de su furia y de la paz interior. Eligió quedarse en paz e hizo un pacto en el que al volverse furia o cualquier emoción que genere malestar, sólo la deje ser y vivirla como experiencia. Así como la tierra vive la experiencia del fuego y todo es perfecto.

En esa paz, abrió los ojos ya como humana y se vio en el bosque junto a la planta dragón.

— Ya sé qué quiero el día de hoy como regalo de amor: que todos los seres puedan experimentar su dualidad y que haya sucesos que los hagan aprender.
— Eso, mi amiga Emma ya está diseñado para la experiencia de

estas almas en la Tierra, ni siquiera puedes pedir para ellas que sea menos molesto o doloroso. Toca transitar por las experiencias que diseñaron para esta encarnación.

— Entonces me gustaría que cuando sea momento lo vivan con amor...

— Amiga Emma ese es el lenguaje del universo, todo existe gracias a esa fuerza, la más grande... tu regalo de amor ya sucede en este universo. Es decisión de los seres, a través de su percepción, si lo viven con amor o con dolor.

— Entonces sólo quiero que el regalo de amor sea que en algún momento las personas encuentren a otro ser con el que resuenen y puedan compartir la experiencia, así como a mí me ha tocado conocerte.

— Hecho está. El espejo resonante en eterno. Así sea...

Y así fue...

7. DÍA 5: SABIDURÍA

Emma despertó pensando en los maestros del tiempo, el día anterior había aprendido mucho. Revisó en su historia los aprendizajes que había tenido en la vida. La escuela se encargó de darle información, pero no consideró que fuera lo que más educaba a su corazón. Presentó exámenes por cada año que tenía que cursar, muchas cosas ya las sabía, algo en ella la hacía comprender más de lo que le enseñaban.

Sus padres le enseñaron a tener una relación equilibrada con el bosque, basada en el cuidado mutuo, lo que le das al bosque lo retorna a ti. Fuera de sus padres no había nadie más. Aunque sabía que tenía abuelos no los había conocido, ni a otros familiares cercanos.

Emma pensó que la escuela no enseña a ser sabios ni ilustrados, sino que enseña a "encajar". Así lo pensaba: dan cajas en la que cada etiqueta representa un tema, fuera de ellos no hay más cajas y el tema se deshecha. Así le pasó al tratar de ir regularmente a una escuela, ¿cómo querían enseñar a un niño a respetar la naturaleza en los libros, cuando se enseña a cuidarla desde que se planta la semilla?

Emma estaba convencida que no era una niña como las otras, no tenía temas sensibles ni de los que no pudiera preguntar. Tampoco tenía palabras que no pudieran decirse ni opiniones que callar y mucho qué debatir. Para ella son valiosas las posturas diferentes con respecto a los temas de cada persona, entender los otros puntos de vista apoya a comprender lo que no se había notado. Es como si todas las personas hicieran juntas los rompecabezas y cada uno colaborara sólo con una de las piezas del todo. Nadie lo sabe todo, quien lo sostenga es un ingenuo, se cree la broma hasta el final.

En algunas escuelas les falta enseñar el respeto a las opiniones diferentes, en lugar de buscar tener la razón. Los debates enseñan a escuchar, pero se usan las palabras como puñales para ver qué argumento es más válido. La intuición, el discernimiento, la sensibilidad se dejan de lado y a veces se pone más atención en el 1% en que se es diferente, en vez de notar que la base del ADN es la misma.

En fin, Emma caminaba con desgano hasta el sitio en que la planta dragón había nacido. Estaba sedienta de conocer más, de abrir la caja de la sabiduría. Por esta razón le pidió a la planta dragón "quiero saber más".

La planta dragón pensaba en cómo darle ese "conocimiento", así que pidió a los ancestros de Emma que le hicieran una carta, donde pudieran contarle las cosas que habían aprendido. Abuelos, tíos, primos, todos los que tuvieron que existir antes de que Emma pisara la Tierra. La experiencia milagrosa de la vida.

Esto es lo que decía la carta: "Todo el universo está en ti, contenido en cada cosa y a su vez no podría existir si no contuviera todo lo que contiene. El milagro de la existencia es percatarse de la interconexión, interpenetración y entrelazamiento del ser, por lo que algo puede ser o no ser.

Cuando miras el bosque en el que vives, no ves quién sembró cada semilla, ni lo que había antes de ser un bosque, ni los animales que en él vivían. Cuando pase el tiempo y alguien se tope con la cabaña en la que vives verán la madera, pero no a tu padre quien la construyó, ni a ti.

Tu cabaña revela la presencia del árbol, del hachero, del carpintero, de las herramientas usadas, de quienes la crearon. La presencia del árbol revela la existencia de la lluvia, del sol, de los minerales y hasta los microorganismos de la tierra. Si lo revisas quizá llegues a ver al bosque y tu cabaña como el universo íntegro y todas sus relaciones interdependientes y entrelazadas.

Tú eres el resultado del amor de miles, tu existencia ha sido un cúmulo de relaciones para que llegaras a este tiempo y espacio, muchos entrelazamientos para que fueras específicamente tú. Nosotros, tus ancestros, vemos tu presencia en el corazón de la realidad viviente. Emma, puedes SER y NO SER. No estás separada, existes o no, con todo lo demás en el universo.

Cuando usamos un concepto, como "silla" partimos de lo que ES y NO ES la silla. Una división que se usa para marcar diferencias, violenta y absurda. Todos los elementos que componen la silla, "no son silla" como madera, árbol, leñador, carpintero. Esos elementos ESTÁN en la silla. Un individuo despierto ve esos elementos en la silla, y se da cuenta que no tiene límites: ni comienza, ni termina.

Del mismo modo, al mirarnos a nosotros y el mundo, no tiene principio ni fin y entonces nos liberamos del nacimiento y de la muerte, para entender que somos infinitos tal cual lo es el universo. Si pones atención no deja de escucharse la marea, aunque nadie la esté escuchando.

Cuando se niega la existencia de algo se niega la existencia del universo, cuando se destruye ese algo por más que lo quememos o partamos en pedazos no se vuelve inexistente, vive aún en sus partes pequeñas. Si pudiéramos destruir algo, destruiríamos el universo. ¿En qué momento podemos decir que las cosas no existen? No se deja de ser, se descompone o faltan piezas, se rompe, se desarma. No inicia ni termina "sólo es".

— Entonces el universo está en mí, por todas las partes que me componen y que vienen desde siempre… el infinito. Creo que pensando en eso no me sentiré sola. ¡Hay tanto en mí!
— Mi pequeña Emma, somos seres infinitos expandiendo la consciencia del SER, y en tu caso, viviendo una experiencia humana.
— Y el SER es infinito… aun creo que me falta saber más, tal cual

como lo pedí en mi deseo.
— Sabiduría no es conocimiento, ahora sabes más, indudablemente. La sabiduría es comprensión, acción, práctica y comportamiento. Que tus hechos se ajusten a tus creencias. Las creencias se van modificando tal cual lo que hacemos. Anda a actuar con esta sabiduría del milagro de la existencia.
— ¿Y qué pasa si mis creencias son equivocadas?
— Aun así, todo es perfecto Emma, todo evoluciona, cambia y se transforma. Mi consejo es: usa el discernimiento y comprensión, vuélvete alquimista, la sabiduría se observa y transforma.
— Entonces ya sé cuál es mi regalo de amor el día de hoy: que las personas que han dudado del sentido de su existencia, las que se sienten solas o abandonadas, las que sobreviven a sus problemas emocionales o a las que les falta una mayor conexión con la vida, reconozcan y sepan que son la suma del amor de miles, que experimenten la sabiduría del milagro de la existencia.
— Hecho está…

Y así fue…

8. DÍA 6: ESPÍRITU

Emma despertó pensando en el instante que es la vida, es un suspiro, el tiempo que representa la vida en la historia de la humanidad pareciera efímero y quizá intrascendente. En algunos años el bosque, que Emma tanto ama estará habitado por extraños y su huella sólo quedará en los árboles que ella plantó y que logren seguir vivos. Somos instantes y con tanta necesidad de trascender.

Quienes han dejado huellas permanentes son aquellos que su obra ha logrado vencer el tiempo. Como los arquitectos de edificios famosos, pero su nombre quedó en la historia y no todos lo conocen. Emma se sumergía en estos pensamientos cuando llegó al sitio donde la planta dragón había nacido. Emma quería aclarar estos pensamientos con su siguiente deseo, era mucha la confusión y no sabía cómo plantearlo, parecía que no le alcanzaban las palabras y se quedó en silencio al sentarse con la planta dragón.

La planta dragón al verla tan reflexiva le dice a Emma: "Tal vez el bosque que tanto amas no será tuyo para siempre, pero el susurro de su cuidado vivirá en la sombra fresca de los árboles que han crecido gracias a ti y en la vida de los animales que encuentran refugio y en la poesía que otro soñador como tú puede escribir al caminar entre ellos".

— Hay tantas cosas que no vemos y que no alcanzaremos a ver —Emma continúa reflexiva— ¿Qué tanto podemos hacer en el tiempo si somos tan pequeños e invisibles comparados con la inmensidad del universo?

— Emma el universo está lleno de cosas que no se pueden ver y no por eso son intrascendentes, cada existencia tiene eco en la eternidad.

Las palabras de la planta dragón resonaron en Emma: "Eco en la eternidad"

— Creo que ya tengo mi deseo del día de hoy, quiero ser parte de lo que no vemos, de lo que no se percibe, de lo que mis ojos no pueden ver.
— ¿Quieres ver todo aquello que no se percibe con los ojos? Este deseo sería como un viaje intergaláctico.
— ¡Qué importa! Puede ser un salto cuántico y llevarme a donde sea, me has dicho que todo es posible.
— Los saltos cuánticos a nivel atómico y molecular son pequeños en distancia y extremadamente pequeños en términos absolutos de energía – le respondió la planta tratando de aclarar algo ilógico.
— Es un decir, no es literal…. – le dice Emma con un tono risueño – Quizá sólo me gustaría explorar aquello que no se ve con aspectos físicos.
— De acuerdo, eso explorarás el día de hoy.

De pronto Emma salió del planeta en una burbuja fuera de la Tierra, como si fuera volando, no sentía el cuerpo, se percibía como energía. En el universo brillaban las estrellas, pero entre ellas había algo misterioso que no emitía luz, algo que no es posible ver: la materia oscura. El secreto del universo es que eso sostiene a las galaxias y las mantiene unidas, aunque nadie puede tocarla ni verla. Incluso el mundo material representa sólo un porcentaje mínimo de la totalidad del universo.

— Hay un mundo inmaterial que no puedes ver con tus ojos, pero puedes sentirlo con tu corazón, así como es afuera así es dentro de ti. - le susurró una voz suave, casi en el oído – Sé que no me ves, pero soy tu consciencia, conectada a la sabiduría universal, guía de la intuición y de los pasos de tu alma.

Confundida Emma le preguntó:
— Pero tampoco te veo, ¿cómo existes? ¿qué es lo que no se ve?

La voz de la consciencia respondió:
- Consciencia, alma y espíritu. El aire que respiras, las emociones, o los sueños no son visibles, y sin embargo si te pregunto por el amor que le tienes a la naturaleza y al bosque donde vives es tan real como cualquier mueble de tu cabaña.
- Puedo sentirte, pero no te puedo tocar, pero sé que ahí estás. – le dice Emma – Te siento como una chispa dentro de mí, un pedacito de energía que pertenece al universo.

Emma en su estado incorpóreo sintió como una energía en forma de calor en el centro de su ser. La consciencia le susurra: "Esa es tu alma, la que guarda tus recuerdos, tus sueños y todo lo que amas". Entonces Emma le responde:

- Me siento conectada con mi esencia, con lo que soy en lo más profundo, eso que me hace ser especial y el cofre que guarda las experiencias de mi vida.

Luego, empezó a sentir que de ella salían conexiones invisibles, como puentes que la conectaban con todo lo que la rodeaba: con las estrellas y planetas, los árboles y los animales, hasta con las personas que habían vivido antes de ella. Cuando empezó esto la consciencia le explicó: "El espíritu es tu conexión con todo lo que está más allá de lo que puedes tocar o ver, es la fuerza que te mueve, que te lleva a explorar, a soñar y a sentir que eres parte de algo más grande que tú misma, como la gota del mar que son todos los mares". Emma se tomó unos minutos para sentirse parte de ese todo, una gota cuenta en el mar, al inicio de ese día se sentía tan fugaz e intrascendente.

- Como consciencia que soy te permito darte cuenta de ti misma y tu entorno, soy la capacidad de percibir, reconocer y experimentar lo que ocurre en tu día a día de esta experiencia humana que vives ahora. De hecho, los humanos son los únicos conscientes de que son finitos y que en algún momento sus vidas llegan a un final que es el inicio de otra historia.

Comprendió que las cosas que no se pueden ver son tan reales como el amor que siente por su familia o la curiosidad que la llevó a viajar a las estrellas.

- Hay misterios que no necesitan verse para ser reales. Como saber que no estamos solos en el universo. – La consciencia le contó que el alma no sólo encarna en la Tierra, sino en cualquier galaxia, estrella o planeta del Universo.

Emma se quedó perpleja pensando en la posibilidad de vivir en otros planetas y conocer las estrellas de las que sólo se veía su resplandor, en la historia que guardaban los planetas y en los seres que podrían habitarlos.

— Piénsalo, Emma, no tiene sentido que, entre millones y millones de planetas, la Tierra sea el único habitado. Lo creemos así porque nuestra consciencia global todavía no se ha expandido lo suficiente.

Entonces la consciencia continúa contándole a Emma que:

— La Tierra es como una de las muchas paradas en un gran viaje que haces como alma. Venir aquí no es algo malo ni un castigo. A veces, lo que nos hace sentir tristes o atrapados son nuestras propias ideas, esas que nos hacen pensar que no podemos lograr cosas grandes o que somos pequeños. Pero eso no es verdad, es autoengaño. Esas ideas son como nubes que no nos dejan ver lo increíble que somos.
— Eso es lo que pensaba en la mañana –interrumpió Emma apresurada– pensaba en lo trivial de la vida humana, pero ahora entiendo que estamos experimentando y creciendo como almas.
— Exacto Emma, decidiste venir a este planeta porque hay mucho que aprender y experimentar aquí. Y aunque ahora estés en la Tierra, una parte de ti, multidimensionalmente, vive en otros lugares mágicos del universo, lugares que quizás no recuerdas ahora, pero que siempre han sido parte de ti. Tu alma es libre, siempre lo ha sido.
— Creo que ya quiero regresar para tener mi regalo de amor para todas las personas de la Tierra, me gustaría compartir eso que he aprendido hoy con los niños y adultos que quieran "despertar". ¿Quieres contarme algo más?

La consciencia emitió una vibración, como un ritmo y melodía que se pudo escuchar en toda la galaxia, haciendo una parte del regalo de amor de Emma. Luego agregó:

— Lo importante de estar aquí es que recuerdes algo muy especial: eres amor, eres creatividad y tienes un gran poder para cambiar las cosas. No estás aquí para hacerte pequeño o pensar que no puedes; estás aquí para brillar, para aprender y para ser parte de la gran magia del universo. Recordar esto tiene mucho que ver con tu "despertar" de consciencia en este lugar. Recuerda que tú eres increíble y tu alma sabe exactamente el porqué estás aquí.

Mientras Emma llegaba nuevamente a la Tierra tomó su cuaderno y comenzó a escribir lo que sería el regalo de amor de ese día. Hizo una carta y le pidió a la planta dragón que la hiciera llegar a todas las almas que vienen a la Tierra.

¡Hola a todas las almas que vienen a la Tierra!

Quiero darles la bienvenida a este gran lugar lleno de aventuras, emociones y muchas sorpresas. Decidir venir aquí no es fácil, pero ustedes lo hicieron porque son valientes.

Hay algo que deben saber: al llegar a este mundo en un cuerpo humano, es como si olvidaran todo lo que sabían antes. Pero no se preocupen, eso es parte del viaje. Venimos aquí para aprender cosas nuevas, sentir con nuestros corazones, usar nuestros sentidos y vivir experiencias únicas que no existen en otros lugares.

Ser un humano es como vivir en una montaña rusa. A veces es divertido y emocionante; otras veces es un poco difícil, como cuando intentas entender tus sentimientos o aprender algo complicado. Pero lo más importante es que siempre hay algo hermoso que descubrir.

Cuando nazcan, van a encontrar una familia y un lugar especial en el mundo. La cultura, los idiomas y las ideas que aprenderán son como colores para pintar su propia historia. Algunos de esos colores serán geniales y otros no tanto, pero podrán usarlos para crear algo único.

Tener un cuerpo es otro desafío. A veces se siente pesado o complicado, pero también les permitirá bailar, correr, abrazar y disfrutar la comida más rica que puedan imaginar. ¡Los sentidos hacen que todo sea mágico!

Quiero decirles algo muy importante: nunca estarán solos. Aunque a veces parezca que nadie entiende lo que sienten, siempre habrá alguien o algo que les ayudará. Puede ser una persona, un animal o incluso una idea que les dará fuerzas para seguir adelante.

Aquí en la Tierra, el tiempo cuenta. Usen cada momento para amar, para aprender y para ser felices. El amor es lo más importante porque nunca desaparece, ni siquiera cuando ustedes ya no estén aquí.

Si algún día se sienten perdidos, miren hacia las estrellas. Ellas les recordarán de dónde vienen y que siempre están conectados con todo lo que existe. Hay magia en el universo, y ustedes son una parte muy especial de ella.

Vivan con alegría y dejen que la vida los lleve a donde deben estar. Todo tiene un propósito, y ustedes son un regalo para este mundo.

Con mucho cariño,
Una niña que también está viviendo esta aventura

9. DÍA 7: VIDA

Amaneció en el bosque, Emma estiró su cuerpo aún adormilado, se talló los ojos y bostezó con un poco de flojera, estar en el bosque es como despertar en un cuadro lleno de vida y serenidad. Luz suave y dorada se filtra por la ventana del cuarto de Emma. Afuera, aire fresco con aroma a tierra húmeda, madera y dulzura de las flores silvestres.

El canto de los pájaros es lo primero que se escucha, notas rápidas y melodiosas, dicen que cantan cuando se sienten seguros y no hay depredadores cercanos. Esta bienvenida al nuevo día pareciera automática y que para Emma sería la misma siempre, pero hoy está poniendo más atención que otros días en los que se da por sentado. Emma pone atención y escucha el viento acariciando las copas de los árboles. Más allá, cerca del río, las ranas están croando en un ritmo grave mezclado con el resto de los sonidos del bosque.

Ya caminando rumbo a la planta dragón Emma descubre a un conejo asomando su cabeza entre los arbustos mientras que unas ardillas corretean por los troncos de los árboles. También vio las gotas de rocío brillando cual diamantes en las hojas de las plantas que a su paso se topaba. Mientras caminaba, escuchó el revoloteo de las alas de un colibrí y una abeja zumbaba al ir de flor en flor. Todo el bosque respiraba, lleno de maravillas en cada paso, esperando que Emma no perdiera ni un detalle de esa sinfonía viviente.

La planta dragón se veía más grande, desde que nació había crecido en sus hojas y en su altura, se percibía más fuerte, por eso Emma se sorprendió a la hora de verla, había crecido de la noche a la mañana. Entonces quiso hacer su deseo de ese día, después de ese despertar y de ver a su bosque florecer.

— Planta dragón, ya tengo mi deseo del día de hoy, quiero aprender de la naturaleza, de la vida y las enseñanzas que transformen mi camino a una mejor versión.
— Hecho está...

De pronto estaba volando y desde el cielo observó las nubes. Entre las montañas vio un pueblo donde un río de aguas cristalinas fluía sin cesar, sus aguas parecían cantar al pasar entre las rocas y en su reflejo Emma se vio convertida en abeja. "¡Uy, qué pequeñas son mis alas!" dijo para sí misma. Mientras volaba, los reflejos del sol en el agua del río hacían figuras y formas que parecían un lenguaje desconocido.

El agua guarda sabiduría desde el origen del mundo, dicen que el agua es vida. Las formas en el agua comenzaron a cambiar casi como letras, y luego palabras, hasta que parecía la figura de una anciana hecha de agua cristalina. Extrañada Emma se acercó y la anciana empezó a contarle una historia.

— ¡Mi niña, qué gusto verte! Hace mucho tiempo que no salía a saludar a nadie, sólo me dediqué a fluir sin detenerme —su voz era muy suave como brisa sobre las rocas— en mi naturaleza soy infinita y cambiante, me adapto a todo lo que toco, me convierto en vapor para elevarme al cielo, en nieve para cubrir montañas, en río para llevar vida y océano para ser hogar.
— ¿Siempre has sido así?
— Los humanos olvidan que en esencia son como el agua, tanto en contenido como en capacidad de cambiar, fluir, adaptarse y sanar. Soy agua, espejo del mundo y de los corazones que lo habitan.
— Entonces cuando te ensuciamos es reflejo de lo que somos —lo dijo Emma en tono de preocupación— y si llenamos la mente de pensamientos caóticos ¿te modificamos?
— Lo que los humanos dicen afecta a los demás, al entorno y a sí mismos. Cambiar lo que se piensa y lo que se dice hace gran diferencia en lo que se siente. Si cuidan las palabras, cuidan al mundo que los rodea.

Emma pensó en el impacto que tienen los mensajes en general. Los medios de comunicación, las redes sociales a nivel macro, es decir, de lo más grande a lo más pequeño que sería el individuo. De afuera hacia adentro, si hay en el cuerpo entre 50% y 70% de agua, esos mensajes modifican, pero quería saber cómo es que sucedía.

La anciana del agua le explica que existe una teoría de que los pensamientos, emociones y palabras pueden afectar la estructura molecular del agua; hay quienes dudan de eso, pero hay muchos estudios sobre sus efectos, incluso hay quienes programan el agua para sanar y para conectar con las emociones. El trabajo con el agua es un camino, la conexión con el agua como elemento químico, la conservación de la salud y la recuperación de enfermedades usando el poder canalizador del agua con técnicas como la cromoterapia, solarización y la intención.

— Mi niña, cuando me rodeo de palabras de amor, paz y gratitud, mi estructura interna se vuelve armoniosa. Me transformo, me podría ver en un microscopio bella y delicada como las estrellas.
— ¿Y si te rodean palabras de odio o desamor?
— Mis moléculas se descomponen, confusas, sin forma. Yo reflejo lo que recibo, tal como lo hacen los corazones de los humanos.

Emma llegó a la conclusión de que el agua es como un espejo mágico que refleja cómo nos sentimos por dentro. Si le decimos 'te quiero' o 'gracias', el agua baila y forma dibujos preciosos. Pero si le decimos cosas malas, se pone triste y se enreda. Emma también pensó en lo que decía la anciana del agua, que siempre se transforma y no pierde su esencia. En la importancia de adquirir la forma que las circunstancias van requiriendo en vez de ser inflexible.

— ¿Si hago lo mismo, sigo adelante y tomo la forma del momento en que vivo esa transformación no me modifica, sigo siendo yo misma?
— Mi niña, abrazar los cambios, ser versátil, adaptable y fuerte en la suavidad, es la sabiduría que puedo compartirte... vendrán maestros que hablen de lo que es fácil o difícil, en la flexibilidad reside la verdadera fuerza.

La anciana se diluyó en el río después de decir eso, Emma alcanzó a darle las gracias y se llevó en la memoria sus palabras. Se le ocurrió que una parte del regalo de amor de ese día sería que los humanos pudieran cambiar sus pensamientos y ser más amables, llenarse de gratitud, de amor y ser reflejo de eso mismo. Hablando a todos con cariño y respeto.

De pronto muchas abejas empezaron a revolotear alrededor de ella y le dijeron que fuera a la colmena. Se veía igual que ellas, mismos colores, trabajando, en busca de néctar. Emma descubrió que estaba usando el sol y el campo magnético de la Tierra para orientarse, como si viera líneas que sirven de brújula.

Detrás de la actividad aparentemente simple de las abejas hay un asombroso conjunto de habilidades, entre ellas la danza de las abejas. Al llegar al panal Emma ve que la abeja exploradora realiza una serie de movimientos: giros, vueltas y zumbidos específicos que indican la distancia y la dirección de zonas fuente de néctar. Luego las abejas obreras absorben la información y van con precisión hacia la fuente de alimento. Cada abeja en la colmena tiene un lugar y una tarea; son interdependientes, trabajando en armonía y de forma cooperativa.

Emma vio a sus compañeras salir a recolectar polen en un colorido jardín, mientras ella intrigada recorre la colmena en busca de alguna que no estuviera tan ocupada para platicar. Cuando llega al compartimento de la abeja reina la detienen los zánganos porque la mandaba llamar la reina.

— No te reconozco como una de mis hijas, ¿quién eres? -Le preguntó la reina.
— Soy una niña humana viviendo una experiencia como abeja, sólo estoy de paso y vengo a aprender.
— Hay mucho que aprender aquí, he escuchado humanos que hablan sobre la imposibilidad de que nosotras podamos volar... ¿Qué te ha parecido el vuelo hoy?

Emma quedó perpleja, la abeja reina no dudó de que fuera humana ni de que estuviera volando como abeja, pero eso de que no pueden volar, no sabe de dónde ha salido. La abeja reina continuó hablando

— Sí niña, he escuchado científicos humanos que explican que las

abejas no deberíamos de volar porque, según las leyes de la aerodinámica, no seríamos capaces de elevarnos del suelo debido a la desproporción del tamaño de nuestras alas y el cuerpo… Las mariposas están al revés y no por eso vuelan más rápido que nosotras, esos humanos y sus leyes.
— Pero vuelan todos los días, incluso yo acabo de hacerlo… ¿En que yace esa imposibilidad?
— Las abejas hemos volado desde tiempos inmemoriales, mucho antes de que los humanos existieran. Volamos no porque comprendamos las leyes de la física o la aerodinámica, volamos porque creemos que podemos volar. Ninguna de nosotras sabemos que es imposible, simplemente lo hacemos.
— Para ustedes no hay imposibles, sólo el deseo de hacerlo y la necesidad interior en su esencia de cumplir con su propósito.
— ¡Niña, tú eres una prueba en cada aleteo de la fe y determinación para seguir adelante, la clave para lograr lo imposible está en creer que es posible!

Con renovada confianza Emma aletea sus alas en busca de la salida de la colmena, moviendo sus alas flexibles 230 veces por segundo, generando vórtices de aire por encima y por debajo de sus alas. Ahora sabía que en el cuerpo de las abejas está la ingeniería necesaria para las diferentes maniobras de vuelo, pero sobre todo que los límites a veces sólo están en la mente. Lo imposible es sólo el punto de partida para quienes se atreven a soñar más allá de lo evidente.

Luego pensó en lo que hacen las orugas al transformarse en mariposas, para ellas romper un límite no sólo es un logro, es un renacimiento. Al llegar con la planta dragón le dice jubilosa:

— Tengo mi regalo de amor para el día de hoy, que en la consciencia de todos se grabe esta frase: "El poder de transformar lo imposible en posible está dentro de ti, esperando a que lo despiertes". Quiero que sepan que todo puede cambiar, cada acto por pequeño que sea deja una huella en las personas y en el mundo. Pueden decidir llenar sus días de palabras amables, acciones generosas y sonrisas sinceras. Las acciones son reflejo de lo que somos.
— Emma, se puede hacer algo además de eso, la gente ve constantemente esas historias de personas que han hecho lo imposible, de ejemplos de cambio y transformación en películas, música y arte. Incluso vienen historias en los libros de la escuela, para que los niños reflexionen sobre sus propias metas y su historia personal. También hay narraciones maravillosas, la información está ahí...
— Creo que los cambios más grandes comienzan cuando no los vemos venir. Cada persona va a seguir su camino y, si confían en la naturaleza, se darán cuanta que hay un plan para cada uno de ellos. Creo que detrás de eso hay un gran regalo de amor... Creo que el deseo es recordar que cada pequeño cuerpo esconde un gran milagro, como las orugas, al descubrirse en la naturaleza como mariposas. Los sueños comienzan con un pequeño paso y el mío ya comenzó. Quizá hagan arte con este aprendizaje o una canción o quizá sólo lo expresen con palabras, eso es libre.

La planta dragón miró a la niña brillar desde su esencia, estaba compartiendo lo que ella era con ese deseo: una soñadora más que transitaba en la vida del bosque y que cada paso que daba la estaba transformando desde dentro. Luego le dijo:

— Me emociona ver el brillo en tus ojos cuando superas un desafío, cuando descubres algo nuevo, o cuando confías en tus propias capacidades. Ha sido un gran día...
— Buenas noches, amiga.. Te veo mañana...

Y así fue...

10. DÍA 8: TIEMPO

Esa mañana el reloj de la sala en la cabaña de Emma se quedó detenido a las 7:47am, cuando Emma salió vio una mariposa detenida en el vuelo. Todo estaba congelado, eso no pasaba nunca, por lo que pensó que algo andaba mal y parecía que ella era la única que se movía.

Al correr hacia la planta dragón vio gotas suspendidas cayendo de las hojas, pájaros como esculturas vivientes, algunos con sus alas extendidas y otros parados en las ramas y abejas suspendidas sobre flores. Un ciervo detenido a medio paso con mirada tranquila fija en algo invisible. Una araña a medias de construir su red y un silencio absoluto, intrigante por lo que habría de venir.

Al llegar con la planta dragón ve a tres seres flotando con una presencia que va más allá de los sentidos, se perciben más como sensación, vibración, color y resuenan en la consciencia. Su esencia parece una danza de luces y formas geométricas que se transforman cual la fluidez del tiempo, patrones en movimiento, espirales que se expanden y contraen. Sus líneas de luz se cruzan en un orden caótico, sus colores son emociones visuales. El ser de color azul transmite calma, el dorado emana sabiduría y el púrpura inspira asombro.

Al tratar de escucharlos no lo hizo con palabras sino con una sinfonía que le llama al alma. Se escuchan cual voces de viento estelar, susurros que hacen eco en lo profundo del ser. En cada uno de ellos se podía sentir el latido del universo y la voz del amanecer.

Estando en su presencia Emma se podía conectar con una vibración que lleva a lo que fue, es y será, recordando un tiempo infinito. Así sin cuerpo ni palabras, los mensajes de los maestros del tiempo llegaban a su mente y su corazón como oleadas de conocimiento. Son imágenes completas, emociones, incluso saben lo que va a preguntar antes de que formule la pregunta.

— Mira Emma, ya sabíamos que ibas a pedir algo y nos adelantamos a tu pedido del día. Lo que quieres experimentar ya lo tenemos planeado, como maestros del tiempo permitiremos que explores lo que quieres, aunque aun no tengas claro qué vas a pedir hoy. Sólo deja que te guiemos en tu experiencia. Sabemos que dirás que sí y aunque la planta dragón se oponga y piense que no es lo que quiere detuvimos el tiempo por anticipado por los efectos que este deseo pudiera generar en el universo. Así que disfruta tu deseo cumplido. Estaremos en el camino para guiarte. Sabemos lo que lograrás aprender con esto, todo lo sabemos. Somos tus aliados, quienes comprendemos las profundidades de la existencia más allá de lo imaginable.

De pronto Emma aparece como arte de magia en una biblioteca enorme. Las paredes cubiertas de libros antiguos, algunos con portadas desgastadas y letras doradas que apenas brillaban. Otros libros muy nuevos y algunos de ellos con grandes y pesadas pastas que impedían que se abrieran con facilidad. Explora los pasillos y mientras camina líneas guía hechas de polvo van mostrándole el camino. Encontró un libro peculiar con el título grabado en una caligrafía elegante: "Puertas del Alma: Reflexiones."

Intrigada, Emma abrió el libro. En cuanto pasó la primera página, algo mágico sucedió: un viento suave llenó la habitación, y de repente, Emma no estaba en la biblioteca. Estaba dentro del libro.

Se encontraba en un campo interminable de flores luminosas, donde cada flor parecía brillar con luz propia. Las flores tenían frases que estaban dentro del libro, como si alguien hubiera tomado un marcador para seleccionar las frases y entonces al estar dentro del libro se convirtieran en flores.

Una de las flores decía: "Vivir es como pintar un arcoíris: usa todos los colores que tienes y no te preocupes si te manchas un poco". Otra de las frases se leía así: "Cuando las hojas caen de los árboles, no es el final del árbol, es el comienzo de un suelo más rico para nuevas vidas."

Emma ni siquiera sabía qué había deseado, pero se estaba dando una idea, pues todo es un equilibrio. Entonces, una figura apareció frente a ella, un hombre de ojos amables, con una túnica larga, anteojos redondos y una voz calmada. Previo a escucharlo Emma estaba segura de que lo vio sentado con la mano apoyada en su rodilla y la cabeza en su mano, como reflexivo. Él se presentó como el Guardián de las Reflexiones.

— Bienvenida, Emma —dijo con una voz serena y profunda—. El libro en el que estás guarda las filosofías de inicio y fin, alfa y omega, la vida y la muerte. Puedes caminar por sus páginas y aprender de cada una de ellas. Estas en el capítulo 1, es este jardín, cualquier duda estoy para apoyarte.

Emma, fascinada, decidió comenzar. Empezó a explorar ese jardín exuberante donde cada flor brillaba. Conforme avanzaba algunas flores tenían sólo un letrero. Uno decía "amistad," otro "amor," otro "aprendizaje." Se dio cuenta que esas palabras tienen inicio y fin: amor, amistad y aprendizaje. Se decidió a tocar la flor que decía aprendizaje, entonces le susurró:

— La vida es como un jardín. Todo lo que siembras con intención, florece. Las malas hierbas son los miedos y las dudas. Cuida lo que alimentas. Los miedos y las dudas también tienen principio y fin. Hay cosas que experimentamos que tienen su propia muerte y dan paso a la valentía o a la seguridad, en este caso.

Emma pensó en su propia vida, en las veces que había dejado que el miedo la detuviera y decidió que cultivaría más amor y curiosidad en su jardín interno. También los miedos se acaban.

Una de las flores llamó su atención, decía su letrero "muerte," era la única iluminada de color blanco: "Cuando algo termina, no desaparece, se convierte en parte de todo lo que nos rodea, como las estrellas en el cielo". Siguió caminando y al final del jardín vio un letrero enorme que decía: "Así como las flores crecen, florecen y luego se marchitan, todos vivimos un tiempo especial y después descansamos."

Emma se dio cuenta que ese jardín estaba ahí sólo para ella, con el tiempo detenido las flores brillaban, pero si pedía que el tiempo continuara las flores se marchitarían y se acabaría el jardín dando paso a nuevas flores.

La pared del letrero se abrió como cortina dando paso al siguiente capítulo.

De pronto, estaba junto a un río que fluía lentamente. Mirando con atención había burbujas de agua encapsuladas, como esferas, que contenían imágenes de momentos de la vida de muchos. Ella fue viendo las burbujas de la gente que conocía: los amigos de la escuela, su familia, hasta personas famosas.

Cada esfera contenía escenas de recuerdos: risas con amigos, momentos de soledad, y sueños por cumplir. ¿Cómo seleccionar los recuerdos?, pensó Emma, al instante apareció un tablero flotante que decía: cuando ríes, el tiempo parece detenerse para escuchar tu felicidad. Ese es el poder del ahora.

Emma siguió caminando a la orilla del río hasta que vio que desembocaba en un lago. Parecía bastante profundo, pero sus aguas estaban tan limpias que se podían ver las esferas de recuerdos y unas piedras redondas y pequeñas de colores claros en el suelo del lago. Emma caminó hasta un muelle al centro del lago y ahí encontró un letrero dando la bienvenida al "Lago de los recuerdos": Los momentos son como burbujas: brillan, flotan y desaparecen. Pero mientras están aquí, ¡son mágicos!

De pronto peces dorados enormes se veían saltando desde el horizonte hasta donde estaba Emma. Un pez dorado saltó del agua y le dijo:
— El tiempo no espera a nadie, pero tampoco hay que apresurarlo. Aprende a estar presente, porque cada momento es un regalo que no vuelve.

Emma miró las escenas reflejadas en el agua y comprendió que, aunque a veces se preocupaba demasiado por el futuro, el verdadero tesoro era disfrutar el ahora. Cuando reflexionó, avanzó el sol tan rápido que se hizo atardecer, unas luciérnagas hicieron una figura de flecha para llevarla al siguiente capítulo, se abrieron unas cortinas a la orilla del lago.

Finalmente, Emma llegó a un bosque tranquilo. No había viento, eran árboles, pero parecían más como ramas que abrazan. Todo estaba en calma, pero no era un silencio triste, sino pacífico. Una lechuza blanca apareció y le habló:

— La muerte no es el fin, pequeña viajera. Es una transformación, un retorno al gran todo. Así como las hojas caen en otoño para nutrir el suelo, todo lo que somos se convierte en parte del universo.

Emma sintió una mezcla de asombro y consuelo. Había temido a la muerte, pero ahora veía que era una continuación, no un vacío. Caminando en el bosque había varios letreros, funcionaban como cabeceras indicadoras, había una fila de árboles después de cada letrero.

Todo ser vivo, desde las plantas hasta los animales y las personas, tiene un tiempo limitado en este mundo.	Cuando alguien muere, ya no puede moverse, respirar o hablar, se quedan los recuerdos y el amor.
La muerte le sucede a todos los seres vivos. No es algo que podamos evitar, pero eso no debe asustarnos, sino ayudarnos a valorar la vida.	Todos, en algún momento, descansaremos, pero eso hace que el tiempo que tenemos ahora sea muy especial.
Es normal sentir tristeza o incluso miedo cuando pensamos en la muerte, especialmente si perdemos a alguien que amamos. Sentir y expresar emociones es saludable.	Es triste cuando alguien que queremos muere porque lo extrañamos. Pero está bien llorar o hablar de lo que sentimos.
La muerte no es solo un final, también es parte de un proceso continuo que da lugar a nuevas cosas en la naturaleza.	Aunque alguien muera, los momentos y el amor que compartimos con ellos siempre estarán con nosotros.
Las personas en diferentes partes del mundo tienen formas especiales de honrar y recordar a los que han muerto. Estas tradiciones pueden ayudarnos a encontrar consuelo.	Hay cosas sobre la muerte que no entendemos completamente, y eso está bien. Lo importante es hacer preguntas y hablar sobre nuestras dudas y miedos.

Los letreros parecían respuestas a las preguntas que se había hecho cuando era más pequeña. Pensó en el Guardián de las Reflexiones y en el regreso a casa a contar todo lo que había aprendido. Apareció una frase antes de cerrar ese libro: "No importa cuánto tiempo tengas en este mundo, sino cuánto amor dejas en cada rincón del que formas parte". Entonces se abrieron unas cortinas en el bosque y apareció en la biblioteca de la cual venía.

Emma volvió con una sensación de claridad y paz. El Guardián apareció una vez más y le dijo:

— Emma, lo que has aprendido aquí no son respuestas, sino llaves. Usa estas reflexiones para abrir las puertas de tu propia alma y comprender la magia de la vida.
— Que así sea. Voy de regreso a mi hogar.

Los maestros del tiempo estaban esperándola, no le preguntaron nada, sólo hicieron que el tiempo se descongelara y la miraron como entendiéndolo todo.

Desde ese día, Emma vio la vida y la muerte de la misma manera, como amigos secretos que hacen que cada segundo sea especial.

— Planta dragón, tengo un regalo de amor por pedir, quiero que reflexiones en esto, tú y todos los demás: "Cuando mires el cielo y veas una estrella fugaz, piensa en cómo algo tan breve puede ser tan hermoso".

Emma guardó un regalo para sí misma, llevar consigo las enseñanzas de aquel libro mágico en cada decisión que tomara y cada momento que viviera. Si en algún momento las dudas volvían a su mente, sabía que siempre podría regresar a las páginas que una vez la dejaron caminar entre las filosofías más profundas del alma. Y así fue.

11. DÍA 9: VIBRACIÓN Y FRECUENCIA

Al día siguiente Emma se quedó en casa casi toda la mañana, su madre le pidió apoyo en la limpieza de la casa y arreglar el cuarto de los triques. Ese cuarto le daba miedo cuando estaba pequeña, ya no, aunque es un cuarto oscuro y pues es un reto estar ahí. Por lo que le pidió a la planta dragón de lejos hacer la experiencia de limpieza más emocionante y divertida.

Mientras limpiaba encontró un viejo tocadiscos, ahora toda la música es digital y basta un dispositivo electrónico para tener toda la música en un sólo sitio. Aunque lleno de polvo, algo en él parecía mágico, como si guardara secretos esperando a ser descubiertos. Junto al tocadiscos había un disco de acetato con un título curioso: "El Océano de las Vibraciones".

— ¿Qué será esto? —se preguntó Emma, colocando el disco en el tocadiscos.

En cuanto bajó la aguja, algo increíble ocurrió: el aire a su alrededor comenzó a brillar con colores vivos. Cada nota que salía del tocadiscos se transformaba en una ola de luz que llenaba el cuarto. Entonces, Emma sintió un tirón suave en su pecho, como si la música la invitara a unirse, jalándola a vivirla.

Sin pensarlo, cerró los ojos y, al abrirlos de nuevo, ya no estaba en el cuarto de los triques. Se encontraba de pie sobre una tabla hecha de cristal que vibraba al ritmo de la música. A su alrededor se extendía un inmenso océano de colores danzantes.

Las notas agudas eran olas plateadas que saltaban como espuma brillante. Los bajos formaban corrientes profundas de azul y púrpura que retumbaban bajo sus pies. Cada instrumento añadía una textura distinta: el piano se desplegaba en suaves curvas doradas, las guitarras eléctricas eran chispas que cruzaban el cielo, y la batería creaba remolinos de rojo intenso que se desvanecían al ritmo de su pulso.

— ¡Estoy surfeando la música! —exclamó Emma, riendo mientras su tabla de cristal se deslizaba por una ola de vibraciones verdes que olían a menta fresca.

Cada movimiento que hacía cambiaba el flujo de los colores y los sonidos. Si inclinaba su cuerpo hacia la derecha, un saxofón surgía en el horizonte como un arcoiris brillante y las trompetas producían a cada soplido flujos en la corriente musical con matices dorados. Si giraba hacia la izquierda, estallaban ritmos de tambores como estrellas fugaces. La voz del cantante subía por su cuerpo como en remolino y le hacía cosquillas de los pies a la cabeza.

De repente, la música cambió. Una melodía suave y nostálgica comenzó a envolverla, y Emma fue llevada por una corriente tranquila de tonos azules y plateados. Se dejó llevar, sintiendo cómo cada vibración la llenaba de calma y felicidad. Era como si la música le hablara, recordándole momentos de alegría y esperanza que llevaba dentro de su corazón.

Entonces, desde lo alto de un barco flotante, una voz melodiosa le habló:
— Soy el marinero de este gran Océano, tu guía en el mundo de las vibraciones y frecuencias. Emma, este lugar es la esencia de todo lo que escuchas y sientes. Cada nota, cada ritmo, es una vibración que conecta los corazones de quienes la crean y quienes la escuchan. Cuando estás a la misma frecuencia que el artista te conectas con el todo de la creación musical y sus notas. Y tú, con tu imaginación, puedes navegar entre ellas y darles vida.

Emma se sintió tan libre como nunca antes. La música no era sólo un sonido; era un universo que podía explorar, un lenguaje que podía sentir en todo su ser.

- Si pones la mano en tu pecho y sientes el latido, lo que percibes es su frecuencia, es la rapidez con la que algo vibra. Si vibra rápido, escuchamos sonidos agudos, como el canto de un pájaro. Si vibra despacio, escuchamos sonidos graves, como el rugido de un león.
- ¿Entonces cada sonido tiene su propia frecuencia, como si cada uno tuviera su propia personalidad? —preguntó Emma.
- Así es, si colocas un recipiente con agua cerca de los altavoces o bocinas y escuchas música el agua va a vibrar al ritmo de la música, igual la arena y pueden hacer formas hermosas con el movimiento. Las ondas hacen que el agua y la arena se muevan. La música mueve el aire a tu alrededor, aunque no lo veamos.
- Pues también la voz hace eso, si me toco la garganta cuando canto, la garganta se mueve, la vibración sale como música.
- Sí, la vibración es el movimiento rápido que crea el sonido, como el temblor de una cuerda o un tambor.

Cuando la canción terminó, Emma vio que los colores y el movimiento se detuvieron, pero algo había cambiado. Aunque el tocadiscos estaba en silencio, sentía que una sinfonía seguía vibrando en su interior.

- ¿Puedo quedarme aquí para siempre? —preguntó Emma con una sonrisa.
- Siempre podrás regresar cuando lo necesites —respondió el marinero del Océano de Vibraciones—. La música vive en ti, y siempre puedes surfear sus vibraciones, incluso en silencio.

Emma quería continuar surfeando la música, por lo que el Marinero del Océano de Vibraciones le dijo que en el cuarto de los triques había cosas que podría usar como instrumentos sencillos y hacer música ella misma, creando vibraciones que la hicieran sentir bien a ella y a su familia. Luego agregó:

- ¿Sabías que los sonidos tienen superpoderes? Pueden ayudar a sentirnos mejor, relajarnos o incluso a sonreír cuando estamos tristes. Esto se llama terapia de sonido. Es como una medicina especial que no viene en pastillas. Te lo enseñaré con estos cuencos de cuarzo y otros de metal.

Le pidió a Emma que dibujara un cuerpo humano en una hoja y señalara partes clave, como el corazón, la cabeza o el estómago. Haciendo sonar los cuencos le iba a explicando que imaginara el cuerpo como instrumento musical. A veces, algunas partes del cuerpo necesitan 'afinarse'. Los sonidos con vibraciones especiales llegan a esas partes y las hacen sentirse mejor. ¡Es como un masaje invisible hecho de música!

Desde aquel día, cada vez que escuchaba música, cerraba los ojos y podía ver las olas, los colores y las luces que la invitaban a surfear en el Gran Océano de las Vibraciones. Y así, Emma aprendió que la música no sólo se escucha, sino que se vive, se siente y, si tienes el corazón abierto, se surfea.

También aprendió que algunas frecuencias son como abrazos para cuerpo y mente: calman, hacen sentir feliz o dan energía. Además, aprendió que cuando hay sonidos suaves como cuencos, melodías tranquilas o campanillas y se toma una posición de meditación cerrando ojos y escuchando, las vibraciones viajan por el cuerpo como un río, llevándose las preocupaciones y dejando calma. Es como una caricia que no se puede ver, pero se puede sentir.

Al regresar al cuarto de los triques empezó a buscar instrumentos que pudiera armar con las cosas de ese lugar, encontró varias cosas: trastes de metal, algunos tubos y copas. Vio también unos discos antiguos y con la experiencia en el Océano de las Vibraciones los puso en el tocadiscos.

Imagina que todos podamos experimentar con cualquier cosa la magia de la música y surfear en ella. Creo que ese es mi regalo de amor, que los niños del mundo encuentren en las cosas comunes ritmo y vibración y en sus voces las frecuencias. Que tengan la oportunidad de explorar también la terapia de sonido para sus cuerpos.

A la distancia la planta dragón escuchaba a Emma al pensar en esto, y lo único que dijo fue: Hecho está…

12. DÍA 10: LA PALABRA

Después de un día tan emocionante, de vibrar, nadar en los colores, Emma sólo quería un día tranquilo. Por lo que al llegar con la planta dragón lo único que quería como deseo era algo relajante.

— Cuéntame un cuento, ese el mi deseo el día de hoy. Quiero estar en una hamaca relajada y que me cuentes un cuento que nadie haya escuchado jamás.
— Tu deseo hecho está, aquí va el cuento:

El Misterio de Abracadabra

Érase una vez un pequeño pueblo rodeado de montañas y estrellas, en el que vivía un niño llamado Leo. Te cuento que sus padres le pusieron así porque es nombre relacionado a una constelación que parece un león y en ella se encuentra la estrella Leonis, llamada también 'corazón de león'. Significa niño valiente, bello y protector.

No sólo tenía esas cualidades, también era un chico curioso y soñador como tú Emma, siempre buscando respuestas a las cosas que los demás pasaban por alto. Una noche, mientras buscaba en los libros de su abuelo, encontró un libro antiguo con una palabra mágica escrita en letras doradas en la portada: *Abracadabra*. Nunca había visto ese libro en la biblioteca del abuelo, pensó que era prestado o quizá algún amigo lo llevó y lo dejó por error.

— Te imaginarás Emma que es un libro de terror —dijo la planta dragón haciendo una pausa en la lectura—, pero no te contaría nunca una historia de miedo para relajarte.

Leo había escuchado *Abracadabra* en cuentos de magos, pero nunca supo qué significaba realmente. Intrigado, decidió preguntarle a la persona más sabia que conocía: su abuela Stella, quien siempre tenía una respuesta para todo. Tomó el libro y encontró a Stella tejiendo junto a la chimenea.

— Abuela, ¿qué significa Abracadabra? Encontré este libro y quiero saber si es sólo una palabra para hacer trucos de magia.

Stella sonrió y dejó su tejido a un lado. Le puso más leña a la chimenea y le dio un sorbo al té que estaba tomando. Stella miró a su nieto con mucho amor y luego contestó:

— Ah, mi querido Leo, Abracadabra es mucho más que una palabra para hacer magia. Es una llave secreta para entender cómo nuestras palabras y pensamientos crean el mundo que nos rodea.
— ¿Crear el mundo? ¿Cómo puede una palabra hacer eso? — cuando dijo Leo esto abrió los ojos de par en par, estaba asombrado.
— Déjame contarte un secreto —dijo Stella, señalando el cielo lleno de estrellas—. Ves el cielo, el universo es vasto y receptivo. Las estrellas representan sueños, deseos y las infinitas posibilidades que se pueden alcanzar. La palabra "Abracadabra" viene de un lenguaje antiguo, y significa algo maravilloso: "*Yo creo mientras hablo.*"

Leo se quedó pensando, en cómo las palabras pueden resonar más allá de él. Si las palabras tienen impacto no solo en su vida, sino el algo mucho mayor.

— ¿Yo creo mientras hablo? ¿Eso significa que todo lo que digo puede hacerse realidad?
— Así como las estrellas parecen inalcanzables pero hermosas, la magia de las palabras también puede parecer intangible, pero es poderosa y real.
— ¿Podrías ponerme un ejemplo para comprender cómo funciona,

abuela?
- Claro que sí —respondió Stella—. Las palabras son como semillas mágicas. Cada vez que hablas, plantas una semilla en el jardín invisible de la vida. Si dices cosas bonitas y llenas de amor, crecerán flores hermosas. Pero si dices cosas feas o llenas de miedo, podrían crecer espinas.

Stella tomó un cuenco de agua y lo colocó entre ellos. Le pidió a su nieto que cerrara los ojos y que pensara en algo que deseara con todo su corazón. Leo cerró los ojos y pensó: "Quiero ser valiente para enfrentar cualquier aventura."

- Para que funcione mejor esa frase sigue los siguientes pasos: habla en presente, como una afirmación específica, que active emociones positivas.
- Soy valiente y enfrento cualquier aventura con confianza y alegría —lo dijo con firmeza, con los ojos bien abiertos.
- Ahora cierra los ojos e imagina una aventura, cuando digas la frase toca tu corazón o aprieta tu puño. Eso crea una conexión entre la afirmación y tu cuerpo y ahora di esas palabras en voz alta —dijo Stella.
- Estoy listo para enfrentar cualquier aventura con valentía que brilla desde mi interior. Soy valiente y enfrento cualquier aventura con confianza y alegría

El agua en el cuenco empezó a vibrar suavemente, como si respondiera a las palabras de Leo.

- ¿Lo ves? —preguntó Stella—. Tus palabras tienen poder. Cada vez que dices algo con intención, el universo escucha y empieza a moverse para ayudarte a crear lo que deseas.
- Lo veo, pero ¿y si digo algo malo sin querer? —Leo frunció el ceño.

Stella acarició su cabello mientras le decía que no se preocupara demasiado.

- Lo importante es aprender a hablar con amor y pensar antes de hablar. Si alguna vez dices algo que no deseas, siempre puedes corregirlo con otras palabras llenas de bondad.

Desde ese día, Leo comenzó a usar "Abracadabra" cada vez que quería recordar que sus palabras eran mágicas. Antes de dormir, susurraba al cielo: "Yo creo mientras hablo. Que mi día sea tan brillante como el sol y tan feliz como las estrellas". Y poco a poco, Leo vio cómo sus palabras transformaban su vida. Aprendió a cuidar lo que decía y pensaba, porque entendió que la magia de Abracadabra no estaba en los libros, sino en su corazón. Colorín, colorado, este cuento se ha acabado. Fin.

La planta dragón vio que Emma se había quedado dormida, luego le dijo: Abracadabra, que tus sueños más mágicos se hagan realidad y que pueda ser testigo de lo que hayas creado.

Emma entre sueños dijo: Ese sería un regalo de amor para el día de hoy, sueños hechos realidad, un mundo en el que se permita a todos los niños y niñas hacerlos. Hasta mañana… buenas noches.

13. DÍA 11: DISTANCIA

. Emma despertó este día pensando en los sueños por cumplir. Desde que empezó la travesía con la planta dragón y los deseos había aprendido y experimentado, pero no había explorado algo que ella quisiera lograr. Digamos que hacer un deseo como si la planta dragón fuera una lámpara mágica con su Genio.

Por lo que en esta ocasión le pidió a la planta dragón ser astronauta. Emma amaba mirar las estrellas desde su cuarto. Hace tiempo le pidió a su padre que instalara una ventana cuadrada para ver las estrellas y así dormía cada noche. Desde pequeña, soñaba con explorar los rincones más lejanos del universo, viajar a la velocidad de la luz como lo veía en las películas de naves espaciales, sin importar de qué década se esté hablando. Es decir, suspiraba siempre que miraba las estrellas por su ventana cuadrada, creía que eso de viajar en una nave sería complicado.

Aunque en estos deseos ya había salido del planeta no era lo mismo sin nave espacial. Así que la planta de dragón la llevó a un sitio de despegue para que ella viviera toda la experiencia completa. Sentada en la nave Emma estaba vestida con su casco, el traje y un sinfín de tubos conectados para el despegue.

Emma quería explorar todas las galaxias estrellas y planetas que existían. Sólo que el universo es tan, tan grande que incluso viajando a la velocidad de la luz parecía que nunca llegaría a visitarlo todo.

— El universo es tan grande... —decía Emma—. Por más rápido que viaje, nunca podré ver todo.

En el despegue escuchó un misterioso sonido, un zumbido cósmico que tenía una localización en la galaxia. En las pantallas se marcó un destino y después de salir de la Tierra los motores se potenciaron a velocidad de la luz. Era tan rápida que podría darle la vuelta a la Tierra más de 7 veces en un segundo.

La luz que vemos de una estrella es como un mensajito que viaja hasta nosotros. La luz que vemos que salió del sol, que está muy lejos, tardó 8 minutos en llegar. Y hay estrellas que están a 'años luz' porque a veces vemos la luz de estrellas que quizá ahora ya ni existen. Entonces, cuando miramos las estrellas en el cielo, hoy estamos viendo su luz tal como era hace mucho tiempo, como una fotografía móvil del pasado.

Las distancias en el universo son tan enormes que incluso la luz necesita tiempo para llegar de un lugar a otro. Sin embargo, Emma descubriría otro de los secretos del universo para maravillarse con el cosmos.

Al llegar a la fuente del zumbido cósmico lo primero que observó desde la nave era un planeta brillante. La nave hizo cálculos sobre una energía poderosa detrás del gran planeta, detectó algo inusual: un agujero negro, girando en el espacio como un remolino oscuro y poderoso. Emma sintió un cosquilleo de emoción y curiosidad.

— Computadora principal Astra, realiza los cálculos necesarios para saber qué hay ahí. Dicen que los agujeros negros tragan todo, pero también dicen que podrían ser puertas a otros lugares.

Con valentía, Emma dirigió su nave hacia el borde del agujero negro. De repente, la voz de su computadora, Astra, la alertó:

— Emma, la gravedad aquí es inmensa. Si nos acercamos demasiado, podríamos no regresar.

Pero Emma sonriendo le dice que "A veces hay que arriesgarse para descubrir cosas increíbles. Además, tenemos a la planta dragón y a los maestros del tiempo por si algo nos pasa".

Cuando se acercó más, algo inesperado sucedió: la nave no fue destruida. En lugar de eso, Emma sintió que el tiempo y el espacio se ondulaban a su alrededor, como si estuviera dentro de un remolino de agua.

— Hola, Emma. Bienvenida al borde de la realidad. —le dijo una voz grave y amable.
— ¿Quién... quién eres? —dijo Emma mirando a su alrededor, sorprendida al no ver nada más que geometría en movimiento a través de las escotillas de la nave.
— Soy el agujero negro, pero no soy lo que piensas. No soy un final; soy un puente. Puedo llevarte a cualquier parte del universo, sin importar qué tan lejos esté.
— ¿Cómo? —preguntó Emma, maravillada.
— Es simple —respondió el agujero negro—. Esto es lo que hago: doblo el espacio para que puedas dar un salto cuántico.
— ¿Qué tengo que hacer? —Emma estaba emocionada y un poco nerviosa.
— Primero, necesitas dejar de pensar en las distancias como algo grande o pequeño. El universo es como un juego de escondidas: lo que parece muy lejos puede estar más cerca de lo que crees. Solo necesitas imaginar con todas tus fuerzas el lugar al que quieres ir y dejar que mi energía te guíe. Piensa en él con todas tus fuerzas.

Emma cerró los ojos y pensó en la galaxia Andrómeda, un lugar que siempre había soñado visitar. De repente, el agujero negro comenzó a girar más rápido, y Emma sintió como si su nave estuviera deslizándose por un túnel de luces y colores. Cuando abrió los ojos, estaba allí: en Andrómeda. Las estrellas brillaban con tonos que nunca había visto, y los planetas tenían formas y colores extraordinarios.

— ¿En la Tierra la distancia es una cosa, pero en el universo funciona diferente?
— Las distancias no son reales. El universo es como una sábana enorme. Cuando viajas por el espacio, normalmente vas paso a paso, como si contaras cada estrella en el camino. Pero con un salto cuántico, puedes ir directamente de un lugar a otro, ¡sin

importar qué tan lejos estén! Es como si doblaras el universo y te acercaras a donde quieras ir.
— ¡Esto es increíble! —exclamó Emma.

Mientras exploraba, Emma encontró un mensaje escrito en una roca luminosa. Decía: "El universo no es tan grande como parece. Lo importante es la forma en que lo recorremos." Emma había aprendido algo valioso: las distancias no eran obstáculos, sino puertas esperando ser cruzadas. Lo importante es tener el deseo de explorar y la imaginación para llegar a donde se quiere.

La computadora Astra y Emma, tomaron el tiempo detenido para explorar galaxias, estrellas y misterios cósmicos. Cada salto cuántico era una aventura nueva, una lección sobre el universo que está lleno de sorpresas y conexiones invisibles.

Incluso llegaron a planetas en los que había seres de diferentes razas y naturalezas. Uno de esos planetas tenía la mayor colección de refacciones para todas las naves que circulan por el universo. Emma tuvo la oportunidad de visitar el Jardín Cósmico donde recordó su misión especial en la Tierra: compartir su luz con los demás. Eso podía hacerlo a través de la risa, al escuchar corazones, al contar historias sobre cómo todos, en el fondo, llevamos chispas de las estrellas.

Al pasar el tiempo, Emma aprendió sobre la multidimensionalidad, que es como si hubiera muchos niveles en el universo. Imagina un hotel, los elevadores no suben sólo arriba y abajo, sino izquierda a derecha. Cada nivel tiene sus propias reglas y maravillas. También descubrió que, aún en la Tierra, la luz de quien viaja a más lugares a través de sus sueños, su imaginación y su amor, tiene eco en cada lugar del universo y en todas sus dimensiones, incluso las que no son humanas. Considerando que el amor es el lenguaje del universo.

Viajando en el universo recordó de dónde venía y su aventura cósmica apenas empezaba. Al hablar con los guías de otros sitios entendió que ella era una Semilla Estelar, como muchos otros que están voluntariamente en la Tierra. Al saber eso pidió a la planta dragón su regalo de amor: empezar a recordar el origen de las almas y su misión aquí en la Tierra.

Y así fue.

14. DÍA 12: IMAGINACIÓN

"El universo es infinito, pero mi imaginación lo es aún más."

Emma no regresó a la Tierra, se quedó explorando la galaxia y haciendo uso de su imaginación para llegar más allá del borde del universo. Emma estaba rodeada de millones de estrellas, planetas giratorios y cometas veloces que dejan rastros brillantes.

Primero aterrizó en un planeta en el que todo era árido excepto un sitio en donde crecía un árbol que soltaba jugos morados. En ese lugar, sagrado para sus habitantes, hacían ceremonia de bienvenida para los nuevos miembros de la tribu. Los seres eran cuadrados y blancos, similares a bombones gigantes. Cuando llegaba un ser nuevo es porque alguno de los habitantes había explotado en amor y con trozos de sí mismo nacía el ser nuevo.

Las residencias eran semicirculares, como los iglús de la Tierra, pero estos hechos sólo con la tierra árida. Como todos eran iguales no había para qué disgustarse, todos eran uno. A Emma le tocó ver cómo otros seres en una nave espacial plantaron un dispositivo para desaparecer el planeta. Era un planeta pequeño, pero no insignificante, también le tocó ver a los héroes que evitaron que el planeta desapareciera.

Luego aterrizó en otro planeta en el que los seres no tenían cuerpo pero que parecían formados de líquido. Se dedicaban a generar energía en unas cuevas con piedras enormes, como si fueran de cuarzo. Esas baterías que recargaban no eran más grandes que un botón y se encargaban de producirlas en gran escala. Los habitantes le contaron que no tenían ninguna necesidad de comer ni de sentir. De hecho, les era ajeno el término sentir. Sólo iban y venían haciendo las baterías. Contaron que con algunas de ellas es posible echar a volar a todo un batallón arcturiano. Ellos hablaron de diferentes razas: pleyadianos, lemurianos, sirianos, andromedanos, lirianos.

Cuando pudo llegó a un planeta en el que sus árboles hacían realidad todo lo que la persona pensaba. Entonces Emma diseñó un paisaje en el que las montañas eran de helado, los ríos de chocolate y las flores cantaban al acercarse. Una nube esponjosa se estaba riendo mientras que el sol lanzaba un pastel de arcoíris en su costado. Un dragón azul con verde comía galletas de chispas de chocolate. Luego imaginó una manada de unicornios que cambiaban de color según el estado de ánimo. En ese lugar se divirtió mucho, incluso cuando recordó los ratones, para que no fueran nada aterradores los puso a bailar, ensayando coreografías con música disco.

Una de sus creaciones en ese planeta se acercó y le dijo que, si su imaginación podía crear algo tan mágico pues que no se fuera, porque cada rincón de ese lugar existía gracias a ella. Emma con su imaginación estaba creando mundos enteros.

Siguió ampliando su creación con castillos de caramelo, mares de estrellas y bosques que contaban historias. Algunos puentes hechos de oro, y un edificio cristalino como de diamantes, luego lo dividió en zonas y climas y soltó la creación como un planeta más del universo.

Emma ya confiando cada vez más en sí misma decidió ir más lejos y saltar más allá. Llegó a un planeta lleno de agua, no sólo había agua en el suelo, sino que había burbujas gigantes flotantes llenas de agua, cada una de ellas con habitantes de ese mar. Al zambullirse en una de las burbujas descubrió que había luces y se escuchaban diferentes ritmos y melodías dependiendo de la burbuja en la cual nadara.

Más allá de ese sitio llegó a un planeta en el que sólo lo habitaba un robot explorador llamado Elio. Su planeta lleno de cristales, en cada uno de ellos una parte del universo se reflejaba. Los cristales tenían conexión con el centro de los planetas y se podía revisar la salud de éstos. Elio monitoreaba el estado en que se encuentran los planetas. Le pregunté sobre la Tierra y dijo que su corazón aun era joven, pero no por eso habríamos de dejarla de cuidar.

Luego recibió una llamada por el intercomunicador de la nave, Astra la computadora contestó en un lenguaje extraño. Le explicó a Emma que el consejo de animales de la galaxia le llamaba para tomar lugar como representante de la Tierra. En el sitio de reunión estaban animales hominizados, hablando telepáticamente un lenguaje que Emma no alcanzaba a entender del todo. Hablaron de la consciencia de algunos animales de granja y que también saben que van evolucionando. De ahí aprendió mucho más del respeto a la vida y a honrar a los seres que han venido a la Tierra.

Cuando estaba por irse Astra le mostró un punto en la galaxia, un planeta muy pequeño habitado por seres luminosos decidió ir a Eris, ese planeta pequeño a experimentar estar en un planeta con poca gravedad. Ahí saltó junto con los seres luminosos y mientras lo hacía el planeta iba cambiando de color. Cada huella que se imprimía en el planeta cambiaba de color, hasta que quedó todo moteado de colores.

Finalmente regresó al agujero negro, al entrar vio un mosaico, la suma de todos los lugares que ella había visitado. Del planeta que creó con imaginación y de cada ser que fue conociendo a lo largo de su viaje intergaláctico.

— Planta dragón, ¿y si todo me lo imaginé? ¿Y si nunca salí de la Tierra y todo fue un sueño?
— Eso sólo te queda analizarlo tú misma, es parte del discernimiento, la elección de qué se queda contigo y qué eliges creer.
— Elijo creer. Es fe en que hay algo más.
— Que así sea entonces.
— También quiero que mi regalo de amor esté relacionado con esto. A todos los soñadores de cosas curiosas, sueños no tradicionales, que cuando duermen viajan a lugares insospechados. Espero que se encuentren entre ustedes y a sí mismos un día y descubran la verdad de su ser. Venimos a brillar desde el ser que somos.
— Hecho está...
— Mi regalo de amor sería que las personas mediten en un lugar tranquilo: ¿Qué estrella o constelación les atrae más? ¿Qué

dones traes al mundo? Muchas semillas estelares tienen habilidades innatas de sanación, arte, enseñanza, o inspiración espiritual. Explorar cómo esos dones pueden alinearse con un propósito mayor. 🪐

— Así será Emma, todos a su tiempo se darán cuenta.

Y así fue.

15. DÍA 13: SENSACIONES

Emma, seguía pensando en que la experiencia intergaláctica, por lo que ese día completo lo pasó en cama, pensando y durmiendo, porque el viaje pareció de años. Para la mente no hay diferencia entre la realidad o algo imaginado, tampoco tiene sentido del humor y pues sabe que recordar es volver a vivir. Entonces esa noche le pidió a la planta dragón que se encargara de su descanso y de sus sueños al dormir.

Esa noche los sueños de Emma la llevaron a un lugar donde las emociones y sensaciones se convierten en formas físicas. La alegría florecía como ráfagas de luz danzante, el dolor se transformaba en ríos cristalinos que fluían hacia el océano y la paz se convertía en suaves brisas perfumadas con olor a incienso y mirra. No sólo se transformaban en color y forma, sino que hacían imágenes muy claras de su interacción entre ellas. Expresiones artísticas con lo que se siente.

En este sueño Emma también tenía la habilidad de sentir cada emoción del planeta como propia. Las emociones que todos sentían, incluso tenía la capacidad de replicar las sensaciones corporales así fuera lo que sea. Incluso podía percibir la energía que brotaba de las montañas y los valles, de cada ser vivo en el planeta por muy grande o pequeño que fuera.

Ante esa cantidad de estímulos Emma decidió empezar a filtrarlos en sí misma, primero para entenderlas en mente y luego en emoción y finalmente procesarlas y dejarlas ir. ¿Por qué algunas sensaciones parecían tan placenteras y otras tan desafiantes? ¿Tenían todas esas sensaciones un propósito?

Cada sensación se estaba convirtiendo en un maestro. Se dio cuenta que las que son placenteras recuerdan la belleza de estar viva, pero las desafiantes, las complicadas, las que de pronto se atoraban, eran las más transformadoras. Emma pensaba que tal vez sería mejor sólo vivir en paz y alegría. Eran más simples de experimentar al sentirlo todo.

Entonces los Maestros del Tiempo llegaron a ella para decirle que también toca aceptar el dolor y la dificultad.

— Imagina un lago en el que sólo se reflejen las estrellas luminosas. ¿Cómo conocerías la profundidad de su belleza si nunca vieras las sombras de las nubes que lo atraviesan? Las sensaciones desafiantes son las sombras que dan forma a tu luz. Sin ellas, el crecimiento espiritual sería como un canto sin melodía.

En Emma los dolores antiguos de las guerras resonaban en el aire, le recordaban tiempos de lucha y de superación. Mientras que la alegría la conectaba al momento presente. La euforia indescriptible de las emociones acumuladas de todo el mundo la llenaban de energía, pero las experiencias desafiantes fortalecían su corazón y ampliaban su comprensión del amor.

— El alma no se alimenta sólo de luz o de sombra, sino de la conjunción de ambas, así como el yin y el yang lo muestra en su estructura visual. Se puede utilizar para explicar las leyes del cambio en el universo. La idea es que todo en el universo está compuesto por estas dos fuerzas, y que para que todo funcione correctamente deben estar en equilibrio.

Entonces trató de equilibrarse, transformó en burbujas doradas flotantes algunas de las sensaciones más ricas, como los abrazos de las personas amadas. El cariño se transformó en suaves caricias del viento que recorren la piel. Empezó a bailar con ritmo entre las emociones que se transformaron en lava y entre aquellas que le daban color al paisaje.

Así aprendió a que su mundo interno forma una gran obra de arte, que las sensaciones pueden transformarse en algo visual para comprenderlas fuera de sí misma. Además, que no sólo son sensaciones corporales placenteras las que se requieren para evolucionar, sino que son los hilos que tejen la vida. Necesarias para crecer, aprender y conectar con la esencia del ser. Así la conexión con el universo interno que hay en cada uno.

— Planta dragón, tengo mi regalo de amor para el día de hoy. Quiero que la gente se dé la oportunidad de darle forma a su mundo interior, ya sea con dibujo, danza, escritura o cualquier arte. Encontrarán en ello la expresión de su ser y podrá fluir y soltar aquello que requiere ser transitorio y permanecer lo que hace una mejor versión de sí mismos.
— Hecho está.

16. DÍA 14: AMOR

El día anterior había sido tan relajado que Emma despertó temprano, con una sensación cálida en el cuerpo. Caminó hacia el lugar donde estaba la planta dragón y la vio casi como el primer día, estirándose, frotando de las hojas el rocío de la mañana y quitando los excesos. Emma vio un momento para platicar con la planta.

— Quería saber ¿por qué me has dejado sola cuando pido mis deseos?
— Nunca has estado sola, he asignado maestros para cada una de tus aventuras, incluso ha sido una parte de mí mismo quien te ha acompañado. Emma todo es percepción de ti misma, por lo tanto, somos proyecciones.
— Explícame un poco sobre eso...
— Generalmente atribuimos la responsabilidad de nuestros rasgos, sentimientos y conductas al otro, si nos centramos en encontrar en realidad lo que sucede determinaremos si ese asunto es algo con nosotros mismos. Todo comienza con conocerse.
— Me dejas igual, me dejaste sola...
— Eso es lo que percibes, todo el tiempo has estado contigo, además de estar conmigo. Aquí en la tierra se trata de percepción.

Emma empezó a caminar de un lado a otro, frente a la planta dragón... "Vas a hacer un surco si sigues así niña", le dijo la planta dragón cuando llevaba varios minutos dando vueltas.

— Entonces si me siento sola es mi percepción porque, aunque no estés presente sigues estando conmigo y yo contigo.
— Un poco así, habitamos los corazones.
— Entiendo, mi deseo de hoy es que quiero ver cómo habito los corazones de mis padres.
— Hecho está.

El tiempo se suspendió y Emma se vio fuera de su cuerpo transformada en el impulso eléctrico de una neurona. Primero entró en el cerebro de su madre, ahí Emma se vio dentro del vientre, escuchó la música que ella le ponía antes de nacer, escuchó la voz de su papá y sintió el amor que le tiene su mamá. Veía todo como si fuera una película, pero impulsos de sus propios recuerdos venían a sí misma, como si su cuerpo pudiera sentirlo todo.

Emma habitó el corazón de su madre desde el vientre, desde que iba sintiendo su cuerpo crecer. De ahí se presentó su vida como una cascada de imágenes, desde los recuerdos de su madre, cuando usaban el mortero, en la primavera al recoger flores, al enseñarle las hierbas del bosque, desde el hablar y caminar hasta su edad actual, una madre orgullosa de su hija. Desde los ojos de la mamá de Emma, ella era la niña más hermosa, amada, libre, única y auténtica.

Experimentó lo que su mamá sentía: dicha y muchas emociones, hormonas que se enviaban por los neurotransmisores a través de la sinapsis al cerebro. Vio la química cerebral como un gran laboratorio, las diversas hormonas secretándose: dopamina, serotonina, oxitocina y más. Mucha complejidad biológica pero un diálogo entre neuronas que aparentaban caos, pero con un orden preciso. El amor desde el sistema límbico y luego cómo permanece al alimentarlo con experiencias.

Emma se vio nacer, sintió a su madre con una revolución de amor, dicha y dolor; su padre recibirla y sentir el brillo de sus ojos, el amor a borbotones de los dos. Pasó a los recuerdos de su padre y se vio a través de sus ojos, cuando tomó su manita con sus dedos rasposos y sintió cómo se expandió el amor en él, como ese amor se convirtió en cobija y protección y el motor que sintió en su corazón para ampliar su casa y hacer un cuarto nuevo. Desde el ombligo Emma sentía la conexión del cuerpo con su madre, con la certeza de estar unida a ella experimentando la vida. Vio en los recuerdos de sus padres las palabras que le dijeron al nacer, cuando eligieron su nombre: "te llamaremos

Emma, fuerte, poderosa, grandiosa, Dios está con nosotros".

Emma siendo sólo energía, un impulso eléctrico en el cerebro de sus padres, percibió cómo de pronto toda ella se llenaba de amor, veía frente a ella todas las memorias de sus padres, un carrete inmenso de instantes compartidos. Antes de elegir algún momento, se acercó a uno de los recuerdos "fotografía" y vio entre los libros de su madre uno de latín, estaba en una página donde venía la palabra re-cordis y su significado: "volver a pasar por el corazón", Emma experimentó habitar el corazón de sus padres a través del recuerdo.

Se vio a sí misma entre sus brazos y escuchó lo siguiente, de su mamá: "Emma tu alma es libre, decidiste encarnar en este planeta y elegirme madre".

Su padre dijo: "Me elegiste padre y ahora mismo estás encarnada en muchos otros planetas y dimensiones de este universo infinito y grandioso".

Los dos dijeron: "cuando seas grande y asumas tu potencial creador formarás parte de la conciencia universal".

— Recuerda que eres amor... —dijo mamá.
— Que eres consciencia —dijo papá.
— Que eres poder personal.
— Que eres multidimensional.

Emma no tuvo nada más que revisar entre los recuerdos, parece que la que tenía que "volver a pasar por el corazón" era ella, a través de las palabras de sus padres. Pidió regresar a su cuerpo y pidió a la planta dragón que su regalo de amor fuera que todos y todas recordaran lo que sus padres les dijeron al darles la bienvenida. La planta dragón sólo le dijo que "las almas recuerdan a su propio tiempo". Entonces mi regalo de amor es simpleza, paciencia y compasión en los corazones, para que puedan despertar a esa consciencia universal.

Y así fue...

17. DÍA 15: PROPÓSITO Y DESPEDIDA

Parecía que ya no había más palabras qué decir ni nada qué desear. Así que Emma se tardó mucho esa mañana para llegar con la planta dragón. Había aprendido mucho de la tierra y de la vida, no quería ir a pedir el último deseo porque también era el día de la despedida.

Después de pensar mucho se dio cuenta que sólo quería tener respuesta a una pregunta, pero ¿quién en el universo podría saber la respuesta? Emma se quería despedir, pedir el deseo que quedaba y seguir adelante con su vida, que después de lo que había experimentado no iba a ser la misma.

— Quiero solamente preguntar el propósito de mi existencia.
— Wow y ¿a quién quisieras preguntarle eso?
— Pensé que tú me dirías si lanzo la pregunta ¿quién vendría a contestar esa pregunta?
— No sé… es la primera vez que un deseo es sólo una pregunta, que quizá hasta el gran arquitecto pudiera contestar. Me parece que eso mismo se lo puedes preguntar a tu mismo ser, a tu doble cuántico, a tu ser más sabio ya que eres eso.
— Bueno, eso quiero saber y quien tenga la respuesta que venga ahora.

Nada pasó, no se abrió la tierra ni se apareció nadie, Emma sólo veía alrededor del bosque y se quedó en silencio. Se sentó en la tierra con la espalda derecha, las manos en las rodillas y cerró los ojos para respirar. En su imaginación se vio envuelta en una burbuja, conectada a la tierra y al universo, pero ella ya no era la niña sino un ser lleno de luz, menos dedos y nada de orejas, con una piel como si se pudiera ver a través de ella. Para encontrar la respuesta tuvo que ir dentro de ella, ahí donde todas las respuestas están.

- Mi mensaje es que tú vienes aquí a brillar, independientemente de lo que haya sucedido en tus vidas anteriores o en tu tiempo simultáneo o pasado inmediato. Tú decidiste encarnar aquí y sabías de antemano el plan de vida que ibas a transitar. A muchas personas no les gusta escuchar esto. Toca reconocer el poder que hay en ti y recordarte que tienes mucho más poder del que imaginas. Vienes a crecer, amar, empoderarte, comprender, co-crear, brillar…
- Pero no quiero ir sola a hacer todo esto…
- La fusión es contigo, al reconstruir las partes "rotas" de tu ser, conectando con tu esencia, al estar unificada. Cuando te sientas completa podrás fusionarte en plena conciencia con otro ser igual de libre. También se ha dicho que "vayan de dos en dos". Seres completos compartiendo en amor.

Después de escuchar estas palabras nada quedaba por pedir, el último deseo se había cumplido y quedó satisfecha con la respuesta, ella misma había ideado el plan antes de venir y ahora se enfocaría en brillar y amar.

- Mi último deseo se ha cumplido y sé que eso significa que tu misión se ha terminado —le dijo Emma a la planta dragón—. No quería usar mi último deseo en pedir que no te fueras.
- Contigo me quedaría toda la vida, pero mi tiempo en la Tierra terminó.
- Entonces te pido el último regalo de amor, ese será para mí.
- De acuerdo, ¿qué regalo quieres para ti?
- Que te quedes como el hermano que había pedido a las estrellas.

La planta dragón se quedó en silencio, era una promesa difícil de cumplir, es más sabía que no podría prometerlo, pero quería y tenía la intención de hacerlo porque todo su corazón se lo pedía.

- Lo siento Emma. No podría quedarme como un hermano en la tierra, mis hermanas y yo tenemos una misión en toda la galaxia.

Por favor piensa en algo diferente, de corazón te diría que sí.
— Es que te amo y quiero que me acompañes.

Empezó recordando el momento en que eligió la Tierra y a Emma para venir y cumplir sus sueños, y cómo había sentido tanto amor desde el inicio.

— He sentido tu amor y lo valoro con todo mi ser, desde antes ya te había elegido por la forma en la que amas y yo también te amo.
— Entonces eso quiero, que la esencia en ti que me ama la encuentre algún día en alguien que me acompañe, un amigo.
— Te ofrezco este acuerdo de almas: "Como ser multidimensional que soy y que somos, así será, sin importar el tiempo ni lugar. Mi intención será permanecer contigo y haré todo lo que está en mí para que eso suceda, el pacto está hecho".

La energía no se crea ni se destruye, sólo se transforma. Emma vio cómo al terminar de decir "el pacto está hecho" una partícula brillante emergió de la planta dragón y se dirigió hacia el cielo. En cierto punto del vuelo de la partícula, ahora con la velocidad de la luz, se transformó en dos luces vibrantes.

La luz tiene un comportamiento misterioso, a veces actúa como partículas y otras como ondas que chocan y se mezclan entre sí (como las del agua al lanzar una piedra). Lo que se hace al observarlas puede cambiar su comportamiento. Entonces como truco mágico de la naturaleza, la esencia de Emma y la planta dragón generó una onda. Esa onda que llevaba la esencia de la planta dragón, ya estaba en la antesala de las almas que esperan regresar, ya sea en esta vida o en la siguiente.

Emma caminó a la cabaña con sus padres, iba sonriendo, tenía la certeza que un día iba a encontrarse nuevamente con su amiga la planta dragón. Sus padres la recibieron con un té de jengibre con miel y le preguntaron cómo había estado su día. Emma sólo dijo: "perfecto, tal cual como estaba planeado. ¡Buenas noches!"

ACERCA DEL AUTOR

Verónica Morales Towns.

Terapeuta holística integrativa, cantautora, escritora y maestra-aprendiz mexicana. En las letras encontró una forma para expresar los más profundos sentimientos y pensamientos. Desde pequeña, la lectura fue una de sus más grandes pasiones. Comenzó a escribir y publicar desde diferentes ámbitos como el periódico escolar, una revista y sus canciones.

Sus últimos cuatro álbumes musicales se encuentran en cualquiera de las plataformas de audio actuales. 'Mujer universo' da voz y reivindica a las mujeres a través de historias que de alguna u otra forma se habían quedado en el silencio.

"Aquí se une todo lo que soy y lo que he sido en mi vida: a todos nos toca en algún momento empezar nuestra propia revolución. Extiendo con amor este paseo por esas letras y música".

Made in the USA
Coppell, TX
28 February 2025

46479815R00046